Personen und Orte sind fiktiv, sie kommen der Realität sehr nahe. Ähnliches ereignete sich in den 90er Jahren.

Karel Hruby

Zu schön für die wahre Liebe

Die Deutsche Bibliothek verzeichnet diese Publikation in der Deutschen Nationalbibliografie; detaillierte bibliografische Daten sind im Internet über http://ddb.de abrufbar

Impressum:

© Juni 2017/ by Karel Hruby

Autor :   Karel Hruby

Herstellung und Verlag: Books on Demand GmbH, Norderstedt
Printed in Germany

ISBN 9783744802970

Einleitung

Josephine Wendler hat sich Silvester vorgenommen das neue Jahr erfolgreicher zu gestalten und ihrem Leben wieder einen neuen Sinn zu geben. Die Hoffnung von der Aktensuchanstalt Unterstützung zu erhalten, hat sie inzwischen aufgegeben. Ihre Beziehungen beschränken sich nur noch auf das Überprüfen ihres Vermögens, das sie wohl kaum mit den staatlich verordneten Almosen aufbessern kann und der Nachweisführung über Bemühungen wieder am Arbeitsmarkt Fuß zu fassen. Alle Bemühungen von Josephine, ihre Fähigkeiten, Fertigkeiten und Kenntnisse einem Arbeitgeber schmackhaft zu machen, waren bisher auf Grund ihrer Überqualifikation, dem Alter und ihrem Handicap, eine Frau zu sein, gescheitert.

Ihre Selbstständigkeit als Detektivin hatte sie umständehalber vor sechs Jahren aufgegeben. Aus diesem Grund beschließt Josephine wieder einmal, wie sie das seit Jahren nicht anders gelernt hat, ihre Arbeitskraft gemeinnützig zur Verfügung zu stellen.

Sie spürt sehr schnell, dass sich damit ihre finanzielle Situation noch verschlechtern würde. Denn Josephine muss für die Aufwendungen der ehrenamtlichen Tätigkeit, zum Beispiel die Fahrtkosten, die in diesem Jahr bei den städtischen Verkehrsbetrieben wieder gestiegen sind, zusätzlich noch aufkommen. Dafür hatte sie das trügerische Gefühl, wieder in der Gesellschaft gebraucht zu werden. Ist das ihre Bestimmung für die Zukunft?

Die Vergangenheit stellte Josephine Wendler vor viele Aufgaben, die ihr als unlösbar erschienen, im Ergebnis hatte sie immer wieder hinzugelernt.

Genau das war ihre Motivation, diese unbezahlte Mission zu übernehmen und sich dabei genau so einzubringen, wie sie es bei einem gut bezahlten Job getan hätte.

Es kam wieder einmal ganz anders.

Der Verkehr pulsiert auf dem Platz, der seinen Namen von einem großen deutschen Dichter entliehen hat.

Am Gehsteig steht eine reifere Dame und wartet auf das grüne Ampelmännchen, das ihr den Weg zu einer neuen Herausforderung freigibt. Beim Passieren der Kreuzung, die wie immer völlig überlastet, mit nervös hupenden Autos, quietschenden Reifen der Überlandbusse und klingelnden Straßenbahnen ist, sowie dem Stimmengewirr der Passanten und Touristen, wirft die Frau einen prüfenden Blick auf die nostalgische Stadtuhr. Der Zeiger steht auf Viertel vor zehn. Sie überlegt, soll sie zu ihrem Antrittsbesuch wirklich schon so früh erscheinen oder ist es nicht besser pünktlich

10.00 Uhr an der ihr avisierten Tür zu klopfen, um Pünktlichkeit und Zuverlässigkeit zu dokumentieren? Ihr Blick gleitet über den belebten Platz, schnell findet sie den Eingang zu dem Haus, das sie aufsuchen will. Langsam schlendert die Frau an dem Haus vorbei. Nach 100 Metern erreicht sie die nahe gelegene Uferpromenade. Auf der anderen Flussseite erheben sich prächtige bewaldete Berghänge. Der Blick der Frau umfasst diese atemberaubende Landschaft.

Sie bleibt tief einatmend an einem Geländer stehen und nimmt Zwiesprache mit ihrem Unterbewusstsein. Warum bin ich hier, will ich mich wirklich als ehrenamtliche Helferin in dem Seniorenheim vorstellen?

Josephine hat die 50 schon überschritten. Ihr Lebensweg war erlebnisreich, kriminelle Strippenzieher hatten ihr Leben zu ihrem Nachteil verändert. Das war vor sechs Jahren, seit dem ist Josephine ein gebranntes Kind, sehr skeptisch und aufmerksam. Manchmal hat sie das Gefühl für etwas zu büßen, das sie selbst gar nicht zu verantworten hat. Von ihrer Mutter weiß Josephine, dass ihr Leben in den ersten Wochen nach der Geburt an einem seidenen Faden hing. Ihre Heilung an einer doppelseitigen Lungenentzündung war damals für die Familie einem Wunder gleichzusetzen.

In ihrem Leben wurde Jo, so wird sie in ihrem Freundeskreis gerufen, vor viele Herausforderungen gestellt. Oft stand sie schon am Abgrund und wurde durch besondere Umstände vor dem Absturz gerettet.

Im Rahmen ihrer Ermittlungen als Detektivin war sie Menschen- und Organhändlern auf die Schliche gekommen. Die Kriminellen erhielten Schutz und sie geriet in Bedrängnis. Sie wurde unter Datenschutz gestellt und damit ihr sozialer Abstieg programmiert. Diese Erlebnisse lagen sechs Jahre zurück, der Datenschutz endete am Silvestertag.

Jo hatte nie wieder im Berufsleben Fuß gefasst und die zermürbende Unsicherheit und Angst vor den Kriminellen hatte sie gezeichnet.

Die Hoffnung endlich aus der Isolation treten zu können hatte Jo auf eine Anzeige reagieren lassen. Sie bewarb sich als ehrenamtliche Helferin in einem Seniorenheim.

Die Frau erwacht aus ihrem Tagtraum, nimmt die Umwelt wieder wahr und beobachtet die Schwäne, die sich auf den Wellen des Flusses wiegen. Sie bemerkt eine Menschenansammlung am Ufer, die auf einen Mann der am Boden hockt starren. Jo folgt den Blicken und entdeckt, dass sich der Mann über einen Schwan beugt, den er mühevoll einen Gurt um den Leib legt und diesen daraufhin untersucht.

Danach trägt der Mann in ein Notizheft die ermittelten Werte ein und gibt das Tier wieder frei. Der Schwan bleibt am Boden hocken, erst allmählich begreift das Tier, dass es wieder frei ist und begibt sich langsam, sehr langsam, zu seinen Artgenossen in den Fluss. Zuerst flüchten die Schwäne, nachdem sie bemerken, dass der Mann am Ufer, mit Lockrufen und Toastbrot, sich ein weiteres Opfer aussuchen will. Ein Schwan löst sich tapfer aus dem Schwarm, diesen bereits registrierten, will der Mann am Ufer nicht. Das schlaue Tier hat erkannt, dass das Brot genießbar ist und von dem Mann keine Gefahr ausgeht.

Die Beobachter am Ufer lachen.

Ein Vorwitziger ruft zur Belustigung der Anderen, „die haben den Braten gerochen!"

So bleibt dem Wissenschaftler nichts anderes übrig, als unverrichteter Dinge seine Utensilien einzupacken.

Für Jo wird es Zeit, in fünf Minuten muss sie ihren Termin wahrnehmen. Pünktlich zehn Uhr steht sie in dem gemütlichen Eingangsbereich des Seniorenheimes. Resolut klopft sie an der Tür der Wirtschaftsleiterin. Die Tür bleibt verschlossen. Die Besucherin ärgert sich, wollte sie gerade damit ihre Pünktlichkeit und Zuverlässigkeit dokumentieren. Sie läuft unruhig auf und ab, dabei studiert sie die Aushänge. Endlich erscheint die Wirtschaftsleiterin in Begleitung einer Heimbewohnerin. Sie bittet Jo noch einige Minuten vor der Tür zu verharren. Zehn Minuten später sitzt Jo der dezent geschminkten Managerin gegenüber. Diese erklärt ihrer Besucherin, dass sie sich sehr viel Zeit für die ehrenamtlichen Helfer nimmt. Sie spricht über die Agenda und das Anliegen des Seniorenheimes. Jo hat wenig Gelegenheit zu ihrer Person zu sprechen. Die Managerin füllt einen Anmeldebogen aus und nimmt nur die wesentlichen Daten; Name, Geburtsdatum, Anschrift und Erreichbarkeit auf. Jo erinnert sich an die These, „wer fragt der führt!" Sie hat in dem Gespräch wenig Gelegenheit zu fragen, muss sogar manchmal den emotionalen Redeschwall ihres Visavis unhöflich unterbrechen, um zu Wort zu kommen.

Die Managerin deutet ihr an, dass sie an der Vergangenheit der ehrenamtlichen Hilfskräfte nicht interessiert ist, sondern nur an deren Zuverlässigkeit. Sie erklärt weiter, dass Jo für ihre Aufwendungen keine Erstattung erhält, jedoch dafür kostenlos ein Mittagessen einnehmen kann und ihr bei Ausflügen der Senioren, als Helferin keine Kosten entstehen. Danach schließt sich eine Besichtigung des Heimes an. Die Wände in den Gängen sind gelb gestrichen und jede Etage hat eine andere farbige Bordüre, damit sich die Heimbewohner zurechtfinden.

Die Zimmer haben eine Grundausstattung, die aus einem Bett, Nachttisch, Wäscheschrank, Tisch und Stuhl, sowie einer Nasszelle bestehen. Die Heimleitung legt Wert darauf, dass die Bewohner einige eigene Möbel mitbringen.

In den Gemeinschaftsbereichen schaffen Vogelbauer mit Insassen eine anheimelnde Atmosphäre. Der Gebäudekomplex ist so konzipiert, dass die Bewohner des größeren Hauses an der Hauptstraße über die Dächer zum Fluss und die bewaldeten Flusshänge sehen können. Jo hat das Gefühl, dass die Managerin bei den Angestellten und Heimbewohnern sehr beliebt ist und voll in ihrer Profession aufgeht. Während Jo den Worten der Managerin folgt und vom Gangfenster die schöne Aussicht auf den Fluss genießt, verspürt sie einen Klaps auf ihrem verlängerten Rückenteil. Verschmitzt lächelnd rollt ein älterer Heimbewohner im Rollstuhl an den Frauen vorbei. Die Managerin bemerkt Jos Fassungslosigkeit.

„Das ist unser nettester Heimbewohner, ihm steckt der Schalk im Nacken!"

Jo erkennt den Mann, sie sah ihn vor 40 Jahren mit einem schnittigen Cabrio vor dem Theater „Kleines Haus" in der Neustadt, in vielen

Fernsehspielen und zuletzt im Operettentheater als Henry Higgins in „My fair Lady".

Nach einer Stunde steht Jo wieder auf dem pulsierenden Platz vor dem anheimelnden Seniorenheim.

Am Abend lässt sie die Ereignisse des Vormittags Revue passieren. Jo wird bald als ehrenamtliche Helferin eines Seniorenheimes eingesetzt. In ihr kommen Zweifel auf. Will ich wirklich ein Nobody sein? Warum habe ich mich jahrelang mit der Vervollständigung meiner Bildung, auf eigene Kosten beschäftigt? Jo weiß aus eigener Erfahrung, dass es keine Zufälle gibt, dass sie bewusst den Weg in dieses Seniorenheim gegangen ist. Soll das ihre, vom Schicksal vorbestimmte Zukunft sein? Warum?

Dass Jo hier auch auf Unregelmäßigkeiten stößt, wie es in der Vergangenheit war, kann sie sich nicht vorstellen. Die nun zur Hilfskraft degradierte, allseitig gebildete, hoch qualifizierte Akademikerin, rekonstruiert das Gespräch in dem Seniorenheim und achtet dabei auf die versteckt übermittelten Botschaften. Sie stellt einige für sie noch nicht nachvollziehbare Tatsachen fest. Warum werden die Auslagen der ehrenamtlich tätigen Helfer, die am untersten Existenzminimum leben und mit ihren Mitteln nur ihre pure Existenz sichern können, nicht erstattet.

Es gibt einige Maßnahmen, wie ein „1 €-Job" und das Bürgergeld, eine Aufwandsfinanzierung für derartige ehrenamtliche Arbeiten?

Die Managerin zeigte Jo den Aufenthaltsraum, wo das Rauchen erlaubt ist. Sie erklärte die Sicherheitsanlagen und bat Jo alle Zuwiderhandlungen der Heimbewohner zur Anzeige zu bringen. Die Managerin war auf die Unzufriedenheit fast aller Heimbewohner, die alle eine Pflegestufe haben eingegangen, ohne Genaueres zu erklären. Jo kann sich auf alles keinen Reim machen, soll sie wirklich alles im Kauf nehmen, für ein Ziel, das sie nicht voraussieht

Das Klingeln des Telefons reißt sie aus ihren Gedanken.

„Hallo Andreas, wie kommt es, dass mein kleiner Bruder sich an meine Existenz erinnert?"

Andreas ist seit fünf Jahren der Juniorpartner von Rechtsanwalt Dr. Wichmann und hat sehr wenig Zeit für familiäre Probleme. Jo kann sich noch ganz genau an die konstruktive Zusammenarbeit mit Andreas und dem Rest der Familie beim Fall „Organhandel" erinnern.

Sie weiß bis heute nicht, ob der Diebstahl der Niere von Herrn Schmidt, beziehungsweise der verdeckte Organhandel, endgültig aufgeklärt wurde.

Um ihr Leben nicht weiter in Gefahr zu bringen, hatte sie sich danach von allen öffentlichen Ämtern zurückgezogen und ihre Selbstständigkeit aufgegeben.

Andreas, der an den Recherchen aktiv mit beteiligt war, fand dabei seine Berufung, schloss sein Jurastudium erfolgreich ab und aus dem Praktikum bei Dr. Wichmann war eine fruchtbringende Zusammenarbeit entstanden. Jo weiß, wenn Andreas sie einmal kontaktiert, dann gibt es etwas Interessantes zu bereden. Heute will er einen Rat von seiner Schwester einholen.

„Andreas, das Angebot als Jurist mit einen Managergehalt für eine Schweizer Firma in China zu arbeiten ist sehr verlockend. Es war richtig, dass du während deines Studiums zusätzlich Chinesisch gelernt hast. Ich kann dir nur raten mache die Gegenrechnung, wo kannst du dich weiter entwickeln und hast eine sichere Existenz. Bei Dr. Wichmann hast du deine sichere Perspektive und eines Tages wirst du seine Kanzlei übernehmen. In der Schweiz und danach in China betrittst du Neuland. Wie lange hast du Zeit, dich zu entscheiden?"

Sie hört, auf der Sessellehne sitzend dem Bruder gespannt zu. „Ist es nicht besser, wenn wir uns persönlich zu der einschneidenden Perspektive unterhalten? Ich habe eine Aufgabe gefunden.

Heute Morgen stellte ich mich als ehrenamtliche Helferin in einem Seniorenheim vor. Nein ich bekomme dafür keine Bezahlung, wenn du danach fragen willst. Nicht einmal eine Aufwandsentschädigung, aber die Managerin ist sehr kulant, ich darf kostenlos Mittagessen und bei den Ausflügen der Senioren brauche ich keinen Pfennig zu zahlen."

Jo verzieht den Mund bei der Antwort ihres Bruders und denkt, da kommt sofort der Rechtsanwalt durch.

„Gut Andreas, du willst mit mir über deine Zukunft reden und das gleich. Warum regst du dich nur so auf? Danke, du bist der Beste! Früher, lang, lang ist es her, hieß der Satz immer Jo ist die Beste! Ich werde inzwischen dein Lieblingsessen vorbereiten, bis bald."

Jo legt den Hörer auf und beginnt nachzudenken. Warum ist Andreas auf einmal so verärgert? Wenig später steht der stattliche Rechtsanwalt vor der Wohnungstür der Schwester. Andreas lässt sich keine Zeit für bedeutungslose Worte. Er stürzt gleich mit der Tür ins Haus.

„Bist du von allen guten Geistern verlassen, von dir hatte ich mehr Selbstbewusstsein erwartet!", herrscht er die Ältere an.

„Was willst du damit sagen?"

„Du gehst jeden Samstag an die Tafel, hast nicht einmal mehr das Geld fürs Theater, Kino und an Urlaub kaum zu denken. Wofür? Weil du immer nur an Andere gedacht hast. Die haben dich inzwischen vergessen und nun willst du wieder nur so einen ehrenamtlichen, undankbaren Scheiß machen. Das kannst du als reiche Unternehmershausfrau tun, aber nicht, wenn dir das Geld gerade so zum Überleben reicht. Mache mir mal vor, wovon du zusätzlich die Aufwendungen für die ehrenamtliche Arbeit hernehmen willst? Weißt du überhaupt, dass bei deinen Bezügen allein für die Fahrkarte nur 60 Cent täglich berechnet wurden. Du bezahlst bis zum Altersheim allein 1,80 € Fahrtkosten und zurück nochmals die gleiche Summe. Bei nur drei Tagen in der Woche kostet dich die An- und Abfahrt 10,80 €, das sind im Monat 43,20 €.“

„Die Managerin ist doch sehr kulant, sie lässt mich dafür kostenlos Mittag essen.“

„Das ist lächerlich, die alten Leutchen essen eh sehr wenig und bezahlen sehr viel dafür, also bleibt eine bezahlte Portion immer übrig. Von wegen kulant, eher raffiniert. Ich erinnere mich, dass du wie in jedem Jahr wieder einmal abnehmen willst, also gibt es dort gar nicht das Essen, was du für deine Diät brauchst“, dabei betrachtet er seine Schwester abschätzend von Kopf bis Fuß.

„Wenn du das so siehst, muss ich dir leider Recht geben. Bitte bedenke noch, ich komme endlich unter Menschen und kann wieder Kultur erleben."

„Für welchen Preis? Erstens musst du dir geeignete und bequeme Schuhe zulegen, damit du die Rollstühle ohne eigenes Handicap, schieben kannst und passende Kleidung nicht zu vergessen, das sind weitere zusätzliche Ausgaben. Zweitens wirst du nicht viel von den Ausflügen und der Kultur haben, weil du dich um die behinderten alten Menschen kümmern musst. Drittens glaube ich kaum, dass sich die Demenzkranken sehr viel mit dir unterhalten wollen."

„Bei diesen drei Punkten muss ich dir wieder zustimmen. Im Heim habe ich beobachtet, dass die Bewohner selbst in den Gemeinschaftseinrichtungen, unzufrieden, in sich gekehrt und stumpfsinnig da saßen. Es war, außer dem Zwitschern der Kanarienvögel, kein Ton zu hören. Andreas nimmt seine Schwester beim Kopf und drückt sie, während er erklärt, „ich bin sichtlich erleichtert, dass du endlich einsiehst, mit dieser ehrenamtlichen Aufgabe finanziell überfordert zu sein. Selbst die Helfer an den Tafeln erhalten für ihre Aufwendungen ein Bürgergeld und die Managerin des privaten bestimmt nicht billigen Altenheimes, will nicht für deine Hilfe bezahlen.

Da ist ganz einfach was faul. Lass die Hände davon!"

„Danke Andreas. Aus dem Funkeln in deinen Augen muss ich entnehmen, dass du noch mehr auf dem Herzen hast."

Andreas lümmelt sich erleichtert auf einen bequemen Sessel und beginnt weiter zu sprechen, indem er ganz genau die Reaktionen seiner Schwester beobachtet.

„Ich kann dir wirklich nichts vormachen, liebes Schwesterlein. Es gibt keine Zufälle, und dass du ein Seniorenheim gerade jetzt kennengelernt hast, kommt mir sehr entgegen. Willst du nicht wieder als Detektivin arbeiten?"

„Wo denkst du hin, ich bin da raus. Sechs Jahre konnte ich mein Büro nicht halten und meine Aufträge beim Nachlassgericht hat ein anderer Kollege übernommen."

„Das meine ich nicht. Dr. Wichmann hat einen Klienten, der dringend Unterstützung benötigt. Wenn du mehr darüber wissen willst, komme bitte morgen in unsere Kanzlei. Nun verspüre ich mächtigen Hunger, zumal ich aus der Küche sehr wohl den Geruch der fertigen Lasagne in der Nase verspüre."

Dr. Wichmann empfängt Jo nicht in seiner Kanzlei, sondern im Sommergarten. Sie fühlt sich sofort heimisch. Während Andreas mit der Frau von Dr. Wichmann auf der Terrasse sitzen bleibt, spazieren der Rechtsanwalt und Jo durch den Garten und betrachten die Rosen. Nachdem Dr. Wichmann seinen Vortrag über Rosenzucht abgeschlossen hat, beginnt er seiner Besucherin eingehend darzustellen, weshalb er einen Schutzverein für Geschädigte einer Senioren-Residenz ins Leben gerufen hat. Er erklärt, dass es nur noch eine Frage der Zeit sei, bis der Schwindel auffliegt und genau dazu benötigen seine Schutzbefohlenen und sein Mandant die Hilfe einer Detektei. Es handle sich um unzählige Fälle, wobei alte Menschen um ihre Ersparnisse und damit um die Sicherheit ihres Daseins gebracht werden. Seine Schutzbefohlenen und er dankbar für jegliche Hilfe, zumal die Detektei Wendler immer einen guten Namen hatte und Frau Josephine mit ihrem Sachverstand erfolgreich die Täter zur Strecke bringen konnte. Bei diesen Worten sieht der Ältere Jo mit treuherzigen und verschmitzten Augen an. Jo ist beschämt, sie will die Vorschusslorbeeren nicht und erklärt, „ich weiß nicht, ob ich ihnen nützlich sein kann. Sie wissen, dass ich seit sechs Jahren keine Ermittlungen mehr durchgeführt habe und über keine aktuellen Kontakte verfüge."

„Ich habe nie an ihren Fähigkeiten gezweifelt. Die Umstände für ihre Pausierung lagen nicht in ihrem Ermessen, sondern waren eine Folge der Ohnmacht unserer Regierung gegen das organisierte Verbrechen. Also stellen sie ihr Licht nicht unter den Scheffel!"

„Gut, wenn sie das so sehen, werde ich mich in den Fall einarbeiten."

„Etwas anderes habe ich nicht von ihnen erwartet, liebe Frau Josephine. Mein junger Kollege, der wohlweißlich auch ihr Schüler war, wird sie über alle Details informieren.

Darf ich sie bitten mit mir zur Kaffeetafel zu schreiten, damit ich gestärkt meine Nachmittagstermine wahrnehmen kann."

Wenig später sitzt Jo ihrem Bruder in dessen gemütlichem Büro gegenüber.

„Ihr haltet die Spannung am Sieden, lichte endlich das Geheimnis um meinen neuen Auftrag, liebes Brüderchen."

„Dr. Wichmann hatte vor sechs Jahren einen Klienten. Dieser wurde wegen Todschlag, nur auf Indizien verurteilt. Nach Abbüßung seiner Haftstrafe fand er eine Arbeit im Ausland. Vor einem Monat kehrte er zurück, weil seine Mutter plötzlich verstorben ist.

Über diese Frau erfuhr Dr. Wichmann das erste Mal von Leibrentenverträgen, die Anwärter auf einen Heimplatz in der Senioren - Residenz abschließen müssen, bevor sie aufgenommen werden. Die alte Dame kam in unsere Kanzlei, weil sie Dr. Wichmann vertraute und er ihren Sohn vertreten hatte. Sie wollte ihr Testament in unserer Kanzlei für ihren Sohn hinterlegen. Die Mutter wurde für den Leibrentenvertrag vom Amtsarzt untersucht und erhielt die Bestätigung, dass sie eine hohe Lebenserwartung habe. Kurze Zeit nach ihrem Einzug in die Residenz verstarb sie und der Amtsarzt, der sich wohl mächtig geirrt hatte, unterschrieb den Totenschein. In dem Nachlass der alten Dame befand sich kein Leibrentenvertrag.

Niemand wäre dahinter gekommen, wenn die Frau nicht einen Tag nach Unterzeichnung des Vertrages und Aufnahme in die Residenz bei Dr. Wichmann vorgesprochen hätte. Der Sohn dieser Frau, Thomas Ritter, wird dir zu seinem Fall alles Notwendige berichten. Er ruft dich morgen früh an."

„Das ist ungeheuerlich. Ich habe große Bedenken, dass wir wieder einmal gegen Windmühlen ermitteln müssen. Warum bringt Herr Ritter diesen Vorfall nicht zur Anzeige?"

Jo denke einmal an deine Erfahrungen. Du wurdest auch Mundtod gemacht, weil

Staatsdiener mit im Spiel waren. Hier müssen wir damit rechnen, dass der Amtsarzt auch nicht ganz sauber ist."

„Gut, du hast mich überzeugt, ich erwarte den Anruf von Herrn Ritter."

„Noch eins liebes Schwesterchen, stell dich schon mal darauf ein, dich ehrenamtlich für die Senioren – Residenz zu engagieren. Hier hast du einige Unterlagen. Wie du dich vorzustellen hast, brauche ich dir nicht zu erklären, da hast du bereits Erfahrungen.

Viel Erfolg für deinen neuen Auftrag."

Andreas steht auf und reicht seiner Schwester die Hand. In diesem Augenblick fällt ihm erst ein, dass die Detektei ihren Aufwand entschädigt bekommen muss, er hält die Hand von Jo fest und erklärt zum Abschied, „ach so, die Kleinigkeit hätte ich dir beinahe unterschlagen, finanziert werden die Ermittlungen von der „Cornelia van Holms Stiftung."

Jo sieht ungläubig ihren Bruder an. „Woher hast du nur immer deine guten Beziehungen?", dabei lächelt sie dankbar.

Schon am Nachmittag bittet Josephine Wendler um einen Termin in der Senioren – Residenz, um gemeinnützig helfen zu dürfen. Ihr Hilfsangebot wird abgelehnt.

Jo wartet in einem Gartenrestaurant auf Thomas Ritter. Das muss er sein, denkt Jo, als ein Mann hinter der Kellnerin auftaucht und sich in ihre Richtung begibt.

„Sie müssen Frau Wendler sein, ihr Bruder hat sie mir genau so beschrieben."

Die Angesprochene nickt und betrachtet ihr Gegenüber interessiert, danach reicht sie dem Mann ihre Hand.

„Angenehm Wendler, bitte setzen sie sich."

Während sich Thomas Ritter seinen Stuhl zurechtrückt, studiert Jo sein Erscheinungsbild. Er hat ein rundes, noch jugendliches Gesicht und dunkles, zu lustigen Locken geringeltes Haar. Ein gewinnendes Lächeln spielt um seine Mundwinkel, die braunen Augen verraten Zuverlässigkeit und Trauer. Der Mann trägt eine rehbraune Wildlederjacke, darunter einen schwarzen Pullover zu grauen Hosen mit einer korrekten Bügelfalte. Altmodisch aber stielvoll denkt Jo. Kein Mensch wurde ihm abkaufen, dass er kriminelle Energie in sich hat.

„Nun wie fällt ihr Urteil über mich aus?", fragt Thomas Ritter die Detektivin.

Diese fühlt sich ertappt.

„Ich bin ganz sicher, dass es mir gelingen wird, die Schuldigen zu überführen."

„Ihre Worte in Gottes Ohr!"

„Sehr geehrter Herr Ritter, sie haben mich tatsächlich neugierig auf den Fall gemacht. Noch gestern wollte ich davon nichts wissen, nun reizt es mich ein Ergebnis zu erhalten. Bitte erzählen sie mir alles Wissenswerte, damit ich ihren Kenntnisstand habe. Danach entwickeln wir gemeinsam mit der Kanzlei Dr. Wichmann & Partner einen Plan."

„Ich wurde nur auf Indizien hin verurteilt. In der Regel reichen die vor Gericht nicht aus, vermutlich hatte der Halbgott in der schwarzen Robe einen schlechten Tag. Die Mutter meiner Verlobten starb an einer Medikamentenvergiftung. Ich befand mich zu diesem Zeitpunkt mit der alten Dame allein im Haus."

„Bitte erklären sie mir die Zusammenhänge genauer."

„Meine Verlobte, die Sekretärin bei einem Unternehmensberater war, musste für zwei Tage mit ihrem Chef auf eine Dienstreise nach Genf. Sie hat mir vor ihrer Abfahrt aufgetragen, ihrer kranke Mutter am Abend Medikamente zu verabreichen. Tagsüber wurde die Kranke von einem Pflegedienst betreut. Ich brauchte nur noch die bereitgestellten Medikamente mit einem Glas Wasser ans Bett der Kranken bringen. Und genau das tat ich an diesem Abend. Ich nahm aus dem Kühlschrank eine Flasche Mineralwasser und nicht Leitungswasser, um allem etwas Geschmack zu geben. Vor dem Schlafengehen trank ich aus der gleichen Mineralwasserflasche auch ein Glas. Am Abend des folgenden Tages erwachte ich in einer Ausnüchterungszelle. Erst von meinem herbeigerufenen Rechtsbeistand, Dr. Wichmann erfuhr ich, dass mich meine Verlobte für den Tod ihrer Mutter verantwortlich gemacht hatte."

„Wie kann das sein, dann haben sie 24 Stunden am Stück geschlafen?"

„Und dort liegt der Hacken, das hat mir keiner geglaubt."

„Wie sie mir erzählten, haben sie vor dem Schlafengehen ein Glas Mineralwasser getrunken, aus der gleichen Flasche, wie die Mutter ihrer Verlobten. Hat die Polizei das Mineralwasser untersucht und ihnen eine Blutprobe abgenommen?"

„Wie ich später hörte, gab es in der Küche keine Flasche Mineralwasser mehr. Die alte Dame wurde am Morgen vom ambulanten Pflegedienst tot aufgefunden, danach begannen die Ermittlungen der Polizei. Von meiner Anwesenheit im Haus nahm zu diesem Zeitpunkt noch keiner Notiz.

Erst am Abend, nachdem meine Verlobte mit ihrem Chef von ihrer Dienstreise zurückgekehrt war, fanden sie mich schlafend und angeblich betrunken im Gästezimmer. Der Chef meiner Verlobten holte die Polizei und ich kam in die Ausnüchterungszelle."

„Was war die Todesursache der alten Dame und wovon waren sie so betrunken?

„Die Mutter soll eine Medikamentenvergiftung gehabt haben. Bei mir wurde keine Untersuchung durchgeführt."

„Das ist ungewöhnlich!"

„Genau so hat mein Rechtsanwalt auch reagiert. Man sah sich dazu nicht veranlasst, denn es war ja augenscheinlich, dass ich betrunken war und damit der Täter. Bei der Strafmaßbeurteilung wurde das zwar mildernd für mich ausgelegt, aber drei Jahre Haft habe ich abgesessen, danach bin ich ins Ausland gegangen. Sagen sie mir Frau Wendler, wer bringt eine alte Frau um und warum?"

„Das kann uns nur der wahre Täter erklären."

Wenig später verlässt Jo allein das Gartenrestaurant. Sie ist so in Gedanken über den Fall vertieft, dass sie auf die Passanten der belebten Straße nicht achtet.

„Hoppla, Gnädigste!"

Hört sie eine ihr bekannte Stimme, die sie aus ihrem Grübeln schreckt. Ein Hüne versperrt ihr den Weg, breit und groß mit einem gepflegten Anzug. Während er sich galant verbeugt und den Hut vor ihr zieht, fällt Jos Blick auf seine Kugelglatze.

„Erinnern sie sich wirklich nicht an mich?", fragt er und blickt die Frau aufdringlich an. Sie grübelt, ich kenne die Stimme, an den Mann kann ich mich nicht mehr erinnern.

„Wirklich tragisch, was mit ihnen passiert ist, meine Liebe. Ich hörte sie sind vor fünf Jahren außer Landes gegangen, man munkelt sogar mit einer ganz schönen Summe Geld", sagt er verächtlich.

„Was reden sie da für einen Stuss?"

„Sollte das gar nicht stimmen, dann haben sie uns alle nur in Stich gelassen?", schleimt er mit einem ironischen Unterton. Jo hört ihm nicht mehr zu, ihr ist diese Begegnung unheimlich.

„Hier haben sie meine Karte. Ich bin immer noch Unternehmensberater und inzwischen noch erfolgreicher. Das heißt, ich kann ihnen weiterhelfen, eine neue Existenz aufzubauen."

Jo betrachtet die Karte, Jürgen Schäfer. Richtig, ihn hatte sie im Auftrag seiner Frau, Ehebruch mit seiner Sekretärin auf einer Dienstreise nach Genf nachweisen können. Nun versteht die Detektivin seine gespielte Freundlichkeit mit dem gehässigen Unterton. Mit einem Nicken verabschiedet sie sich von dem peinlichen Störenfried und mischt sich unter den fließenden Strom der Passanten.

Nachdem Jo am nächsten Morgen nach Alpträumen, in dem sie mit Gift umgebracht werden sollte aufwacht, quält sie ein mächtiger Durst. Sie greift nach dem Glas Mineralwasser, das sie sich immer abends vorsorglich ans Bett stellt und einer Kopfschmerztablette. Plötzlich hält sie inne und betrachtet die Tablettenschachtel eingehend.

„So ein Quatsch, wer soll mich umbringen. Ich habe mir diesen neuen Fall viel zu viel verinnerlicht, oder macht es die lange Ermittlungspause?", spricht sie motivierend zu sich selbst.

Seit ihrem Rückzug aus der Öffentlichkeit wohnt die Frau in der kleinen Einliegerwohnung, der ehemaligen Zugehfrau, in dem Einfamilienhaus ihrer Verwandten, eigentlich sind es ihre Pflegeeltern. Tante Hilde ist Jo dankbar, dass sie ihr nach dem Schlaganfall von Onkel Rudolf, der seit dem im Rollstuhl sitzt, zur Hand geht. Der ehemalige Polizeibeamte hat immer noch regen Kontakt zu seinen Kameraden.

Er schreibt Artikel für die Polizeigewerkschafts-Zeitung und ist Vorstandsmitglied der Seniorenkommission. Inzwischen oder gerade wegen seines ehrenamtlichen Engagements ist Rudolf soweit genesen, dass nur noch seine Beine ihren Dienst verweigern. Sein Kopf ist klarer denn je, er bedauert Jos Resignation und Desinteresse an der Fortsetzung ihrer Selbständigkeit als Detektivin, weil er seine Kenntnisse und Fähigkeiten nicht mehr einbringen kann.

Jo sinkt an diesem sonnigen Morgen unausgeschlafen in die Kissen zurück und beobachtet, bis die Schmerztablette wirkt, wie der Wind mit der Gardine am offenen Fenster spielt. Plötzlich wird sie unruhig, die Gedanken spuken im Kopf herum. Wie kann sie den Fall lösen, wenn ihr der Zugang zur Senioren – Residenz versperrt bleibt. Jo blickt auf die Uhr auf dem Nachttisch, sie hat noch zwei Stunden Zeit, um der Anwaltskanzlei Dr. Wichmann & Partner ihre Vorschläge zu unterbreiten. Wie an jedem Freitagmorgen nimmt sie das Frühstück mit ihren Verwandten ein. Die Pensionäre Hilde und Rudolf sitzen schon am Frühstückstisch. Der Onkel hat sein Studium der Tageszeitung beendet und legt diese aufgeschlagen, lachend vor Hilde auf den Kaffeetisch. Danach zeigt er auf einen Artikel, denn seine Angetraute unbedingt lesen muss.

„Da lies."

Jo erkennt, dass es sich um eine Kritik über einen Bestseller handelt.

Sie küsst zur Begrüßung Hilde auf die Wange und streicht zärtlich über Rudolfs Hände. Es riecht köstlich nach frisch gebrühten Bohnenkaffee und Eiern mit Speck. Die Hausfrau nimmt eine Weißbrotscheibe aus dem Toaster und reicht sie Jo. Beide sehen die Nichte erwartungsvoll an. Dieses Ritual haben sich die Bewohner des Hauses am Waldrand für jeden Freitag angewöhnt, seit dem sie eng und in Harmonie zusammenleben.

Das Ehepaar Specht wohnt seit ihrer Hochzeit, vor fast 50 Jahren, in diesem idyllischen Haus in der Waldsiedlung am Rande der Stadt. Weil ihnen der Kinderwunsch versagt blieb, haben sie nach dem Unfalltod bei einem Flugzeugabsturz, die Kinder von Hildes Bruder, von Richard Berger aufgenommen.

Die Zwillinge Josephine und Sabine waren damals 14 Jahre alt und Andreas konnte noch nicht einmal laufen. Die drei Geschwister dankten es ihnen mit viel Fleiß, Fürsorge und Zuneigung. Rudolf begleitete einen hohen Posten bei der hiesigen Polizei und seine Frau arbeitete am Amtsgericht. Dort hatten sie sich kennen und lieben gelernt.

Der Tagesablauf der Patchworkfamilie war straff geregelt, die Schwestern passten in der Abwesenheit der Pflegeeltern, mit der Zugehfrau auf ihren kleinen Bruder auf. Sie hatten gute schulische Leistungen. Die Schule schlossen alle Drei mit dem Abitur ab, danach studierten Sabine und Andreas. Jo bewarb sich gleich nach dem Abitur bei der Polizei. Sie hatte schon immer ein sehr enges Verhältnis zu ihrem Onkel Rudolf, der noch heute ihr Vorbild ist. Deshalb fühlte sich das Ehepaar Specht für alles verantwortlich, was ihr gemeinsames Zusammenleben betraf, für die Freunde, Arbeit und Zukunftspläne ihrer Ziehtochter.

Es ist nicht ungewöhnlich, dass Rudolf sich für Jos Bekannte, deren Benehmen, Aussehen, Herkunft und Beruf interessiert. Hilde hatte früher die verstaubte Meinung vertreten, dass drei Dinge für eine Frau wichtig seien;

- die Liebe darf nicht einseitig sein,

- ein Mann muss bereit sein für seine Frau Opfer zu bringen und

- ein Mann muss so viel verdienen, dass er seine Familie ernähren kann.

Diese Theorien wurden weder in ihrem Leben voll erfüllt, noch in dem Leben der Pflegekinder, alle waren von Berufswegen selbständig und keiner ehelich gebunden, nur die Liebe und Zuneigung der Senioren ist unantastbar.

Hilde setzt die Brille auf und liest die Buchkritik. Dann schüttelt sie den Kopf, „Evaprinzip, das ist die Rückkehr der Frau an den Kochtopf und unter die Pantoffeln des Mannes!"

„Wer schreibt denn so einen Blödsinn?", reagiert auch Jo.

„Diese Fernsehtante aus der Talkshow.

Moment einmal, ich kann mich noch genau daran erinnern, dass unser liebes Hildchen in ihrer Brautzeit auch einmal diese Einstellung hatte", lässt sich ihr Mann aus der Reserve locken.

„Ich wollte ja nur …", rechtfertigt sich Hilde, beendet den Satz aber nicht.

„Dass es den Zwillingen an nichts fehlt", wolltest du sagen.

Rudolf spricht seine Gedanken dazu laut aus

„Das Leben hatte etwas anderes mit unseren Zwillingen vor. Sabine liebte Ingolf van Holms, als die Beiden sich dazu bekannten starb er, weil nicht rechtzeitig ein Spenderorgan zu seiner Verfügung stand. Sie hat sich nicht wieder verliebt sondern die Cornelia von Holms Stiftung, als sein Vermächtnis treu verwaltet. Und ihre Schwester", dabei sieht er Jo eindringlich und wissend an.

„Hat sich immer in die falschen Männer verliebt", ergreift Jo das Wort.

„Lass es gut sein. Ich weiß, dass du nicht daran denkst dich noch einmal zu verheiraten", pariert Rudolf.

„Wozu auch, alles was ich brauche habe ich, oder?", reagiert Jo diesmal trotzig.

Endlich, nachdem alles Zwischenmenschliche ausgesprochen ist, kann Jo von ihren Erlebnissen der letzten Woche und dem neuen Auftrag berichten.

„Stellt euch vor, die von der Senioren – Residenz wollen mich nicht als unentgeltliche ehrenamtliche Helferin einstellen. So kann ich nicht vor Ort ermitteln. Das bringt meinen ganzen Plan, den ich heute Rechtsanwalt Dr. Wichmann vorlegen wollte, durcheinander."

„So, so, was ist eigentlich dieser Thomas Ritter für ein Mensch?", will Rudolf wissen.

„Ein wundervoller Mensch", kommt Jo ins schwärmen.

„Das ist äußerst interessant, magst du ihn?"

Rudolf schmunzelt bei seiner Frage.

„So wie ich es immer tue, wenn ich mich für einen Klienten interessiere, für den ich ermitteln darf."

Hilde legt eine neue Toastbrotscheibe auf Jos Teller und sieht sie unzufrieden an. Daraufhin blicken sich Jo und Rudolf wissend an, sie können Hildes Gedanken förmlich erraten.

Rudolf ergreift für seine Frau das Wort, „du meinst liebe Hilde, nun hat unsere kleine Detektivin, wie hieß es doch immer – Jo ist die Beste-, endlich wieder einen Auftrag und kapituliert, weil sie den Einstieg nicht findet?"

„Ich kann euch Beiden doch nichts vormachen", verteidigt sich Jo.

„Da habe ich eine Idee!", meint Rudolf schmunzelnd.

„Wirklich?", kommt es wie aus einem Munde.

„Wisst ihr noch, wie wir den feinen Organbrokern auf die Schliche gekommen sind?"

Jo und Hilde sehen Rudolf entgeistert an.

„Du meinst …?", fragt Hilde verunsichert.

„Ja, wir werden uns für einen Heimplatz in der Senioren – Residenz interessieren, natürlich tut das unser Anwalt, Andreas Berger, für uns", steckt er die Zukunft ab.

„Doch nicht wirklich? Ich will aus unserem Häuschen nicht weg", kommt es fast jämmerlich aus Hildes Mund.

„Liebes Hildchen, mich dürstet es nach einer neuen Aufgabe. Erst wenn diese gelöst ist, kehren wir hierher zurück. Denke nur einmal darüber nach, wie vielen Senioren wir damit helfen können und ganz besonders unserer Josephine.

Das ist schon richtig. Dann kann uns unsere Nichte, Josephine Wendler, und unser Rechtsanwalt, Andreas Berger, bloß gut, dass die Geschwister unterschiedliche Namen haben, in der Senioren – Residenz besuchen", ist nun auch Hilde ganz bei der Sache.

„Also wäre die Zugangsmöglichkeit geklärt, bist du damit einverstanden, liebe Josephine?"

„Das ist schon mal einer Überlegung wert. Aber, ich habe dabei große Bedenken."

„Warum, wenn ich fragen darf?"

„Dass ihr den, uns noch unbekannten, eigenartigen Praktiken zum Opfer fallt."

„Liebes Mädchen, dafür haben wir dich, die Anwaltskanzlei Dr. Wichmann & Partner und meine ehemaligen Polizeikameraden."

„Oh, bin ich zu spät?", stellt erschrocken Dr. Wichmann fest, nachdem er das Büro seines jungen Kollegen betreten hat. Noch etwas außer Atem begibt er sich sofort zu der Dame, die mit dem Rücken zu ihm, am Schreibtisch in einem bequemen Stuhl platz genommen hat und reicht ihr mit den Worten, „so schnell sehen wir uns wieder, sehr geehrte Frau Wendler", die Hand.

„Bitte wem meinen sie, ich bin nicht Josephine sondern Sabine."

„Entschuldigen sie, wie konnte ich sie erkennen, sie sehen Josephine Wendler zum verwechseln ähnlich."

„Das haben Zwillinge so an sich", schallt es lachend vom Fenster her. Jo hat für ihre ein paar Minuten ältere Schwester das Antworten übernommen. Sie schreitet auf den verblüfften Anwalt zu, ergreift seine dargereichte Hand und drückt diese herzlich.

„Heute sehen sie, lieber Dr. Wichmann, nach langer Zeit wieder einmal die gesamte Familie Berger vereint. Wie in alten Zeiten werden wir wieder einzeln ermitteln und gemeinsam zu einer Lösung finden!"

„Ich bin sehr ergriffen. Darf ich in ihrer Runde das vierte Kleeblatt sein?"

„Da fragen sie noch. Sie wissen, dass wir ihre Hilfe und Erfahrungen sehr schätzen", freut sich Jo über das Angebot des erfolgreichen Rechtsanwaltes.

Nachdem das Quartett eine Sitzgelegenheit gefunden hat, beginnt Andreas mit dem Brainstorming.

„Was haben wir als Ausgangsposition:

- *einen Auftrag von Thomas Ritter,*

- *eine Geschädigte, die verstorbene Mutter des Auftraggebers, Marga Ritter,*

- *einen verloren gegangenen Leibrentenvertrag.*

Wir wollen herausfinden, warum Frau Marga Ritter, als kerngesund vor Unterzeichnung des Leibrentenvertrages, nach der Unterzeichnung plötzlich verstorben ist.

Wo denkt ihr, müssen wir ermitteln?

- *Als Erstes in der Senioren – Residenz und dem Umfeld.*

Wer wird welche Aufgabe übernehmen?

Nun zu dir Jo. Was hast du erreicht?"

„Ich habe gestern mit Herrn Ritter gesprochen, seine Version gehört und den Fall als Detektei übernommen."

„Gut, damit sind wir erst einmal handlungsfähig."

„Warte, ich war noch nicht fertig", fällt Jo ihrem Bruder ins Wort.

„Nun dann lass hören."

„Ich habe, wie du es mir geraten hast, mich in der Senioren – Residenz als ehrenamtliche Helferin beworben."

Alle sehen auf Jo, weil sie nicht weiter spricht und nachdenklich wird.

„Und?", wird die Pause Andreas zu lang.

„Die wollen mich nicht!"

Andreas seufzt und die anderen sind enttäuscht.

„Was nun?", presst Andreas verärgert hervor.

„Onkel Rudolf und Tante Hilde haben die Lösung", alle sehen Jo entgeistert an.

„Du willst doch nicht etwa sagen, dass die beiden für uns ihre Sicherheit aufgeben und sich in die Höhle des Löwen begeben wollen", findet als erste Sabine ihre Worte wieder.

„Ja, dass soll ich euch von Hilde und Rudolf ausrichten. Sie werden das gesamte Programm durchziehen. Dabei zählen sie auf unsere Unterstützung, Dr. Wichmann und Rudolfs Polizeikameraden."

„Was ich schon alles mit ihrer fantastischen Familie erleben konnte macht mich glücklich, aber die Ermittlungen in der Residenz zu unterstützen, übersteigen meine kühnsten Erwartungen. Zumal ihr Onkel Rudolf nach seinem Schlaganfall eher Fürsorge und Ruhe benötigt", kann Dr. Wichmann sich nicht verkneifen seine Bewunderung für den Familienclan auszudrücken.

„Damit ist er, wenn alles mit rechten Dingen zugeht, in einem Seniorenheim bestens aufgehoben", stellt Andreas logisch fest.

„Niemand wird bei dem Ehepaar Specht andere Motive annehmen", bestätigt Sabine die Worte ihres Bruders.

Sie muss als Geldgeberin, dem Vorstand der „Cornelia van Holms Stiftung" von der Redlichkeit des Projektes, „Hilfe für Senioren in

Not", Rede und Antwort stehen. Dabei hat sie die besten Karten, weil der Stiftungsvorsitzende Dr. Wichmann ist.

„Welche Aufgaben übernimmt unsere Anwaltskanzlei?", denkt Andreas laut nach.

Der Ältere kommt ihm zu Hilfe.

„Wir werden genau so verfahren, wie im Fall Marga Ritter, damit wir involviert sind und mehr Handlungsspielraum haben. Ich setze gemeinsam mit dem Ehepaar Specht ein Testament auf."

„Dann bleibt für mich nur noch die Überprüfung der Verwaltung der Senioren – Residenz übrig. Das werde ich als Pflegesohn der Familie Specht und nicht als Anwalt tun. Weil ich zukünftig im Ausland lebe, kann ich mich um meine Pflegeeltern nicht mehr kümmern, natürlich bin ich bestrebt sie in gute Obhut zu geben. Es muss sehr schnell mit der Heimeinweisung gehen, weil meine Unternehmungen im Ausland nicht länger ohne meine Leitung sein können", findet Andreas seine Mission.

„Und ich?", lässt sich Jo kläglich vernehmen.

„Du bist die Chefin, reicht das nicht?"

„Wie kann ich als Detektivin einen Fall bearbeiten, wenn ihr mir alles aus der Hand nehmt?"

„Ich weiß nun auch, wie du ins Heim kommst", fällt Andreas eine Lösung ein.

„Und wie, bitte?"

„Ich erinnere mich ganz dunkel daran, dass du einen ganz nützlichen, zweiten Beruf erlernt hast."

„Du meinst Reporterin?"

„Die Kandidatin bekommt zehn Punkte!"

„Werde nicht albern."

„Ich weiß, dass die Inhaberin der Senioren – Residenz, Frau Angelika von Maiberg, zur Unternehmerin des Jahres gekürt wurde. Damit hast du für deine Frauenzeitschrift einen guten Grund, sie zu kontaktieren, oder?"

„Danke. Natürlich das habe ich ganz vergessen, meine Zeitschrift will mit ihr ein Interview machen. Besser kann ich gar nicht in ihrem Leben herumstöbern", ist Jo sofort bei der Sache.

„Wir werden uns jeweils einmal in der Woche hier treffen, weil Jo über kein Büro mehr verfügt. Sagen wir, in Gedenken an unsere alten Zeiten, Freitag 17.00 Uhr?", schlägt Andreas vor. Die Anderen bestätigen seinen Vorschlag mit einem Nicken.

Vor seinem Weggehen nimmt Dr. Wichmann Jo zur Seite. „Was halten sie von Thomas Ritter?"

„Es ist ein interessanter Fall. Ich werde den Indizien, die zu seiner Verhaftung führten, noch einmal meine ganze Aufmerksamkeit schenken."

Mit den Worten, „hoffentlich erreichen wir dabei etwas Positives", verabschiedet sich Dr. Wichmann von ihr. Beim Hinausgehen winkt er Sabine zu.

Die Anlage ist noch nicht alt, die Residenz wurde erst nach Klärung der Eigentumsverhältnisse durch die Treuhand vor drei Jahren errichtet.

Die kleine Siedlung im Wald umfasst eine Kombination von Appartementhaus, Wirtschaftstrakt, Gastronomie und Freizeiteinrichtungen und der, auf einer 50 m entfernten Lichtung stehenden vornehmen Villa. In der Villa wohnt die Erbengemeinschaft des Gründers, Emanuel Freiherr von Maiberg. Etwas bescheidener sind die Unterkünfte der Ärzte, des Pflegepersonals und der technischen Angestellten.

Die Aktiengesellschaft der Senioren – Residenz wurde nach dem Tode des Vaters, von seinem Sohn, Albrecht von Maiberg und einem Aufsichtsrat geleitet. Die Heimbewohner erwerben mit ihrem Eintritt Aktien an der Residenz, sind damit Aktionäre und können in das Geschehen mit ihren Stimmen eingreifen, so hatte es der Gründer noch auf dem Totenbett verfügt. Der Aufsichtsrat besteht aus der Erbengemeinschaft, dem Vermögensberater Jürgen Schäfer, dem Amtsarzt und dem Ältestenrat der Senioren – Residenz.

Dr. Albert von Maiberg war bisher ein Versager, der sein Medizinstudium abbrach, dann in die Juristerei wechselte, auch dieses Studium nicht zu Ende führte und so 15 Jahre an der Uni das Geld seines Vaters vergeudete. Durch den zu frühen Tod des Vaters gab es keine Alternative und deshalb musste der missratene Sohn das Amt des Direktors ausüben. Der Vater schloss erst mit der Sicherheitsmaßnahme, die Kontrolle der Residenz den Aktionären zu übergeben, seine Augen. Trotz seiner 50 Jahre ist Albert immer noch sehr attraktiv und bei der Frauenwelt begehrt. Den Doktortitel hatte er sich gekauft.

Die Büroräume von Dr. Albert von Maiberg befinden sich im dritten Stockwerk des Empfangsgebäudes, in einem Penthaus. In der zweiten Etage liegen die Konferenzräume und die Residenzverwaltung. In der ersten Etage ist eine kleine Ambulanz eingerichtet, mit einem OP - Saal und einer Intensivstation. Die Empfangshalle ist geräumig, wie in einem Nobelhotel mit Portier und Dienstpersonal, sogar eine Tagesbar schließt sich dem Eingangsbereich an.

Eine zierliche Ärztin betritt beschwingt, ohne Klopfen, das Vorzimmer von Dr. Albert von Maiberg, in dem die aufreizende, blonde Sekretärin Mary thront.

„Guten Morgen, Mary", sagt die Ärztin freundlich.

„Morgen", Mary vermeidet es die Ärztin mit ihrem Titel anzusprechen. Sie fühlt sich ertappt, weil die Schwester des Chefs sie ungeniert mustert. Unruhig richtet sie ihr viel zu enges Kleid und versteckt sich auf dem Stuhl hinter ihrem Schreibtisch. Felicitas von Maiberg schmunzelt diskret und fragt, „ist er drin?"

„Ihr Bruder ist in einer Besprechung, bitte kommen sie später wieder, am besten melden sie sich an."

Felicitas lässt sich nicht abweisen, sie tritt hinter die Sekretärin zum Schreibtisch, greift über sie und drückt die Taste der Wechselsprechanlage.

„Hast du dich wieder hergerichtet, dann würde ich dich gern sprechen."

„Komm rein", ertönt es missmutig durch den Lautsprecher.

Felicitas schnalzt mit ihrer Zunge und wendet sich siegessicher zu Mary. „Dummchen", kann sie sich nicht verkneifen laut zu äußern. Sie ist heute viel zu glücklich, um sich mit dieser unfähigen aufgetakelten Person abzugeben.

Endlich hat Jürgen sie gebeten, seine Frau zu werden, das will sie umgehend ihrem Bruder mitteilen.

Mit den Worten, „kannst du deine schmutzigen Finger nicht von den Sekretärinnen lassen, die von Jürgen musstest du sogar heiraten."

„Was willst du? Mir Vorwürfe machen? Seit wann setzt gerade du dich für Angelika ein, sie war doch für dich nie interessant?"

„Nun ist es eben etwas anders, ich werde Jürgen Schäfer heiraten. Angelika war früher mit ihm liiert, bis du sie ihm ausgespannt hast."

Der Mann legt seine Stirn in Falten, was weißt du schon, warum ich Angelika heiraten musste. Laut spricht er, „dann wünsche ich dir viel Glück, mit diesem Schakal. Noch was, ich erwarte Diskretion gegenüber meiner Frau, haben wir uns verstanden? Ich brauche noch etwas Spaß am Leben bei dieser stumpfsinnigen Arbeit."

„Was geht's mich an. Nur dass du die Sorge um die Senioren als stumpfsinnig bezeichnest, zeigt wieder einmal deinen miesen Charakter."

„War's das? Um mir das mitzuteilen, musstest du mich nicht bei der Arbeit stören!"

„Das nennt man heute Arbeit, ziss…!"

Schon ist die Jüngere aus dem Zimmer entschwunden, zurück bleibt ein völlig aus dem

Konzept geratener Mann und ihr teurer Parfümduft.

„Verdammt, durch die Heirat mit Jürgen bekommt Felicitas noch mehr Einblick in die AG, das muss ich verhindern", spricht er verärgert vor sich hin, ohne zu ahnen, dass er abgehört wird.

Albert betätigt die Wechselsprechanlage und stellt einen Defekt fest. Verärgert steht er auf und reißt die Tür zum Vorzimmer auf.

Mary kann gerade noch die Hand von der Wechselsprechanlage zurückziehen und unschuldig zur Tür sehen.

„Mary, bitte lade den Vorstand, aber nur Friedrichs, Haldenberg und Schäfer, zu einer außerordentlichen Aufsichtsratssitzung ein."

„Albert, wo soll ich den Spinner Schäfer so schnell finden?"

„Frage meine Schwester. Momentmal, in welchem Ton sprichst du mit mir? Immer noch bist du meine Sekretärin. Lass dir umgehend was einfallen!"

Nachdem die Tür hinter Albert ins Schloss gefallen ist, greift sie schmollend zum Telefon und gibt die Anweisung des Chefs an eine Sachbearbeiterin, in einem unverschämten Kommandoton weiter.

Albert ist sich seiner Sache nicht mehr sicher, er muss zu Angelika und dann sofort mit Roland von Haldenberg reden. Bei einer kleinen Unachtsamkeit fällt alles auf. Roland ist mir noch eine Gefälligkeit schuldig, schießt es ihm durch den Kopf.

„Angelika von Maiberg, wir sind richtig!"

Andreas zwickt Hilde aufgeregt in den Arm, dabei entweicht ihr ein, „Aue."

Die ältere, seriöse Sekretärin führt die Gäste in ein vornehm eingerichtetes Büro. Hinter dem Schreibtisch sitzt eine atemberaubende Schönheit mit blauen Augen. Die Managerin steht auf und bewegt sich höchst grazil auf hochhackigen Schuhen zu den avisierten Besuchern. Charmant bietet sie ihnen Platz in einer gemütlichen Klubecke des Raumes an.

Während die Sekretärin den Gästen Kaffee reicht, öffnet sich die Tür und ein vornehm gekleideter Herr mit grauen Schläfen tritt ein. „Darf ich ihnen Dr. Albert von Maiberg vorstellen, er wird an unserem Informationsgespräch teilnehmen."

Der Ehemann der Managerin reicht zuvorkommend Frau Specht und ihrem Begleiter die Hand.

„Wenn ich richtig informiert bin, dann werden sie dienstlich nach Paris versetzt", bemerkt er und blickt Andreas interessiert an. Andreas nickt, „das ist richtig, bevor ich abreise, möchte ich meine Pflegeeltern in guter Obhut wissen."

„Das ehrt sie, sehr geehrter Herr Specht."

„Nein, ich heiße Berger, Andreas Berger."

Entschuldigen sie, Herr Berger."

Angelika von Maiberg ergreift das Wort, „die Senioren – Residenz verfügt über Ein- bis Drei-Zimmer-Appartements und ist nicht nur Wohnheim für Selbstversorger, sondern besonders komfortabel für eine Totalbetreuung bei Pflegefällen ausgestattet. Es mangelt uns an keinem Service, sogar für anspruchsvolle Insassen stehen rund um die Uhr Ärzte, Pfleger und Hausdamen zur Verfügung. Wir verfügen über eine moderne Kurabteilung, ein Fitnesscenter und ein ganz besonderes Verwöhnprogramm. Das heißt, wir haben für jeden das Richtige, für den kleinen Bedarf bis hin zum Luxus und der Vollpflege.

„Sie müssen wissen, mein Mann, der Rudolf hatte vor zwei Jahren einen Schlaganfall, nun sitzt er im Rollstuhl", rechtfertigt sich Hilde, ganz das Heimchen am Herd mimend.

„Liebe Frau Specht, das ist für uns kein Problem", bei seiner Antwort tätschelt

Dr. Albert von Maiberg die Hand der sichtlich verunsicherten alten Dame.

Die Leiterin steht auf, stelzt zu einem Schrank und kommt mit einer Mappe zurück.

„Hier haben sie einige Formulare und Informationen über unsere Residenz, besprechen sie alles in Ruhe mit ihrem Gatten."

Daraufhin sieht sie in eine Liste und bestätigt, „sie haben Glück, noch verfügen wir kurzfristig über freie Kapazitäten."

Dr. Albert von Maiberg mustert Andreas, er will den Jüngeren für Paris Mut machen. Er nimmt an, dass der junge sympathische Mann aus dem gleichen Holz wie er geschnitzt ist.

„Herr Berger, können sie Französisch?", fragt er zweideutig.

„Nein", gibt sich Andreas bewusst etwas weltfremd.

„Da kann ich ihnen für Paris einen Tipp geben. Ich erlernte während meiner Sturm- und Drangjahre Französisch im Bett einer Mademoiselle, deren Mann als Anstreicher wie Hitler, auf Arbeit war."

Dafür erntet der seriöse, adlige Doktor ohne Grad, von seiner Angetrauten einen bösen Blick. Die Schönheit sieht in diesem Augenblick einer Hexe ähnlich, die ihre Funken versprüht. Sie will die Situation mit einem Späßchen ins Lächerliche ziehen.

„Was erzählst du für einen Blödsinn, Hitler war ein kleiner Landschaftsmaler!"

Andreas wirft einen Blick zu seiner Tante, diese schüttelt unmerklich mit dem Kopf. Sie sind sich wieder einmal einig, dass hier große Vorsicht geboten ist.

Jo ruft von einer öffentlichen Telefonzelle in der Senioren – Residenz an und lässt sich von der Chefsekretärin mit der Unternehmerin des Jahres verbinden.

„Frau Angelika von Maiberg? Guten Tag, ich mache eine Reportage über erfolgreiche berufstätige Frauen in der Regenbogenpresse. Es handelt sich zunächst nur um eine Materialaufbereitung. Wären sie bereit mir eine Stunde ihrer kostbaren Zeit zu widmen?"

Jo hört genau auf die Antwort und Stimmlage.

„Das ist ja wunderbar, sie haben gleich Zeit, wo finde ich sie?"

Nachdem sich Jo die Anfahrt zur Senioren – Residenz, die sie schon seit Tagen auf dem Schreibtisch liegen hat, noch einmal notiert, steckt sie ihren Notizblock und den Stift in die Handtasche. Die Detektivin wird plötzlich unruhig, sie läuft, ohne etwas wahrzunehmen durch die Straßen, dabei prüft sie in ihrem Kopf noch einmal eingehend ihren Plan. Je länger sie

49

sich diesen verinnerlicht, umso besser gefällt ihr dieser, vor allem erspart er ihr umständliche Erklärungen. Wenn Jo sich etwas geschickt ausdrückt, wird sie auf viele Fragen eine Antwort erhalten, ohne die wahren Hintergründe preiszugeben.

Für diese Aufgabe hat sich Jo sehr gut vorbereitet. Sie sprach noch gestern mit einer Studienkollegin, die immer noch in einer Redaktion arbeitet und ihr Tipps gab. Jo erhielt von ihr den Hinweis, dass sie als ehemalige freie Mitarbeiterin ihre Recherchen an die Redaktion weitergeben darf.

Um einen professionellen Eindruck zu erwecken, hat die potentielle Reporterin alle dazu nötigen Utensilien dabei. Beim Betreten des Büros hält sie Diktiergerät, Notizzettel und Stift in der Hand, der Photoapparat baumelt von ihrer rechten Schulter.

„Ich bedanke mich für das Interesse der Presse für mein Betätigungsfeld. Eine bessere Werbung kann mein Unternehmen gar nicht bekommen, Frau …?, begrüßt sie Angelika von Maiberg freundlich.

„Wendler ist mein Name."

Die Unternehmerin des Jahres bietet Jo einen Platz an, es entsteht eine kleine Kontaktpause. Jo betrachtet ihr Gegenüber, das für den ersten Eindruck sehr attraktiv ist.

Sie entdeckt unter der Schminke viel zu streng hervorgetretene Wangenknochen, eine Folge des Schlankheitswahns und viel zu schmale Lippen. Die Betrachterin empfindet dabei eine starke Gefühlskälte, daran kann auch das auffällige Kleid und die elegante Frisur nichts ändern. Am Ringfinger trägt die Frau einen Ehering und darüber einen Brillantring. Jo schätzt die Möchtegernschönheit auf Ende vierzig.

Die Hausherrin ihrerseits lässt die Blicke über ihr Inventar gleiten, dann legt sie ihre pedikürten Hände, die von wenig Arbeit erzählen auf den Klubtisch und erwartet Jos Fragen.

„Was haben sie und ihre Redaktion auf dem Herzen?"

„Wenn es ihnen nicht als unverschämt erscheint, dann erzählen sie mir ganz einfach in Stichpunkten etwas über ihr Leben."

„Mein Leben war sehr aufregend. Brauchen sie das wirklich, um über meine beruflichen Erfolge zu berichten?"

In ihrer Eitelkeit und der Möglichkeit sich selbst darzustellen wird sie unvorsichtig. Genau das hat Jo im ersten Augenblick des Kennenlernens gespürt.

„Mein Vater war Eigentümer eines Pharmakonzerns und die Eltern meiner Mutter besaßen ein Modeatelier. Ich wurde in dem besten Mädchenpensionat in der Schweiz erzogen. Zuerst starb mein Vater. Nach seinen Tod führte mein älterer Stiefbruder das Unternehmen weiter.

Dass was ich in die Senioren - Residenz eingebracht habe, ist das Erbe meiner Mutter, die auf mysteriöse Weise verstarb. Es handelte sich um Mord, der Täter wurde gefasst und verurteilt. Vor fünf Jahren lernte ich meinen jetzigen Mann kennen."

„Das ist eine sehr traurige Geschichte mit ihren Eltern, insbesondere ihrer Mutter. Darf ich sie nach ihrem Geburtsnamen fragen?"

„Natürlich, das ist kein Geheimnis. Ich wurde als Angelika von Haldenberg geboren."

„Nein, wie interessant, dann sind sie die Erbin des berühmten Haldenberg Unternehmers?", lügt Jo ihre Begeisterung.

„Nein wirklich, sie kennen noch meinen Vater. Schade, dass mein Stiefbruder das Unternehmen heruntergewirtschaftet hat. Ich ging fast leer aus, mir wurde nur mein halbes Pflichtteil von den 100 Millionen ausgezahlt."

Jo traut ihren Ohren nicht. Sie denkt, wie unersättlich ist diese Frau.

„Nun möchte ich noch wissen, wie sie all die großen Aufgaben, die mit der Leitung der

Senioren – Residenz anfallen, als Frau meistern?"

„Natürlich habe ich zuverlässiges Personal und eine sehr straffe Betriebsorganisation. Bitte erinnern sie mich vor ihrem Weggehen daran, dass ich ihnen eine Mustermappe für ihre Recherchen mitgebe."

Jo notiert sich in Stenoschrift das Gesagte eifrig, dabei bemerkt sie, dass die vornehme Frau diese Schreibweise nicht lesen kann."

Angelika von Maiberg verdreht den Kopf, um etwas zu entziffern, will sich jedoch keine Blöße geben und nachfragen.

„Da habe ich noch eine Frage. Es macht sich immer gut, wenn die vorgestellte erfolgreiche Unternehmerin Ehefrau und möglichst noch Mutter ist.

Dass sie glücklich verheiratet sind sehe ich an ihrem Ring. Schade, dass sie keine Kinder haben."

„Wer sagt denn so was, natürlich habe ich ein Kind. Meine Tochter Susanne wird in den nächsten Tagen sechs Jahre alt. Sie lebt in einem Internat in der Schweiz."

Jo spielt ein Entzücken. „Das ist gerade das, was unsere Leser begeistern wird! Eine erfolgreiche Unternehmerin, Ehefrau und liebevolle Mutter, die ihre ganze Kraft für Senioren aufopfert."

Jo merkt, wie ihr Visavis nervös auf ihrer Sitzgelegenheit hin und her rutscht, sie kann sich ein Lächeln nicht verkneifen.

„Bitte, sehr geehrte Frau Wendler, schreiben sie nichts über Susi. Mein Mann weiß nichts von ihrer Existenz. Das Kind heißt deshalb Susanne von Haldenberg."

Jo ist viel zu diplomatisch, um auf diesen Gefühlsausbruch einzugehen. Eine richtige Reporterin hätte daraus eine Schlagzeile gemacht. Angelika von Maiberg sieht Jo erwartungsvoll an.

„Ich bedanke mich für ihre Offenheit, wie ich bereits sagte, handelt es sich nur um eine Materialsammlung. Ich werde sie zu gegebener Zeit noch einmal kontaktieren."

Nachdem sich die Frauen erhoben haben, übergibt Angelika von Maiberg der Reporterin die versprochene Präsentation und ihre Hand. Der Händedruck der Gastgeberin ist oberflächlich, keineswegs herzlich.

Jo bringt am Abend ihre Eindrücke zu Papier, da läutet das Telefon.

„Hallo Sabine, was verschafft mir die Ehre deines Anrufes?"

Sabine wurde am Nachmittag an der Bushaltestelle von einem sehr attraktiven Lockenkopf angesprochen.

„Hallo Frau Wendler nicht so stürmisch, haben sie schon etwas herausgefunden?"

Weil ihr Bus gerade ankam, hat sie den Mann über die Verwechslung nicht aufgeklärt, sondern ihn zu der Beratung am Freitag 17.00 Uhr in die Anwaltskanzlei eingeladen. Das teilt Sabine pflichtbewusst ihrer Zwillingsschwester mit.

Sie will selbst nicht an der Beratung teilnehmen, sonst fliegt die Verwechslung auf. Dafür schickt sie Joachim Redlich von der Cornelia van Holms Stiftung, als Helfer auf Zeit mit.

„Wie gefällt dir Thomas Ritter?", will Jo noch von der Schwester wissen.

Diese gesteht ihrer Schwester vor einiger Zeit einen Mann kennengelernt zu haben, der sich sehr um sie bemüht, sonst würde sie sich bestimmt dieses Herrn Ritter annehmen.

„Gut, dass ich solche Neuigkeiten ganz nebenbei erfahre. Wann stellst du der Familie deine neue Eroberung vor?"

Das Telefon knackt, Sabine hat bereits aufgelegt und Jo bleibt weiter unwissend.

Die Detektivin unternimmt am nächsten Tag alles, um die kleine Susanne zu finden. Vom Jugendamt erfährt sie, mit viel Überredungskunst, dass das Kind von Angelika von Haldenberg, kurz nach der Geburt in einem deutschen Heim untergebracht wurde. Die Mitarbeiterin ist unvorsichtig und so notiert sich

Jo die Anschrift des Heimes aus den Unterlagen. Die Heimleitung teilt ihr mit, dass ein Mädchen namens Susanne von Haldenberg bis zu ihrem dritten Lebensjahr im Heim untergebracht war, der nächste Aufenthaltsort sei dem Heim unbekannt. Es ist bekannt, dass dieses Kind noch eine Mutter hat, die als verschollen gilt, über einen Vater kann keine Aussage getroffen werden.

Solange das Kind in dem Heim lebte, habe ein unbekannter Spender das Heim mit einem großzügigen Scheck bedacht. Es sei zu vermuten, dass die Mutter damit ihr schlechtes Gewissen erleichtert habe.

Wo ist das kleine Mädchen? Ging es der Detektivin nicht aus dem Kopf.

Thomas Ritter spürt, dass er vom vielen ziellosen Herumfahren müde wird. Er schaltet das Autoradio an und betrachtet die Gegend, in der er aufgewachsen ist. Schon fährt er durch eine hügelige Landschaft.

Plötzlich sieht er in Gedanken Angelika, seine erste Jugendliebe vor sich. Sie trägt einen blauen Anzug und steht auf Skiern. Ihr Haar ist mit einem Stirnband zusammengebunden und ihre Augen strahlen. Zünftig hatte sie immer darin ausgesehen, und Thomas wusste, dass er von vielen um diese Schönheit beneidet wurde. Der Mann glaubt, ihre Stimme zu hören.

„Du wirst doch vor diesen kleinen Hügelchen keine Angst haben, komm endlich, oder willst du hier Wurzeln schlagen?"

Seine Verlobte war eine perfekte Skifahrerin. Wie viel Spaß hatten sie, bis der plötzliche Tot ihrer Mutter alles zerstörte. Nicht einmal, in den darauf folgenden sechs Jahren, hatte sie sich im Gefängnis nach ihm erkundigt. Wo kann ich sie finden, warum hat sie nicht an meine Unschuld geglaubt. Er weiß in seinem Inneren, dass es keine Zukunft mit dieser Frau geben wird, nur will der einsame Mann sich das nicht eingestehen. Thomas findet zurück in die Realität, bald wird am Horizont der kleine Waldsee zu sehen sein. Zu diesem war er mit seinen Schulkameraden zum Schwimmen gefahren.

„Warum suche ich die Wahrheit in der Vergangenheit?", spricht er zu sich.

Plötzlich schreckt er aus seinen düsteren Gedanken und Erinnerungen auf. Was ist das? Thomas nimmt den Fuß vom Gaspedal seines Wagens. Am Straßenrand sitzt ein kleines Madchen mit einem zerzausten Goldschopf. Der Wagen bremst vor der Kleinen. Das Mädchen erhebt sich und drückt die kleine Puppe, die es im Arm hält, ganz fest an sich.

„Bist du ganz alleine hier?", fragt Thomas.

Das Kind sieht ihn ängstlich an und schweigt.

„Hast du dich verlaufen?"

Wieder keine Antwort. Thomas beschließt das Mädchen mit in die nächste Stadt zu nehmen, um es dort im Bürgermeisteramt abzugeben.

„Ich heiße Thomas Ritter. Als ich so klein war wie du, habe ich mich auch verlaufen, deshalb weiß ich, dass es bis zur Stadt noch sehr weit ist. Was hältst du davon, wenn ich dich bis dahin in meinem Auto mitnehme?"

Das Kind dreht sich um und läuft in die entgegen gesetzter Richtung davon. Nach einer kurzen Strecke bleibt es stehen, bückt sich und reibt den Knöchel. Da erst bemerkt Thomas, dass das Mädchen nur noch einen Schuh anhat. Er steigt aus dem Auto aus und eilt zu ihr.

„Was machst du nur für Sachen. Lass mich dir helfen", spricht er ruhig auf sie ein.

Plötzlich beginnt das Mädchen zu schluchzen und stammelt, „keiner hat mich lieb."

Der Mann reicht ihr bewegt ein Taschentuch.

„Wie ich heiße, weißt du schon. Darf ich deinen Namen erfahren?"

Das Kind schnäuzt sich und sieht den Fremden mit den verweinten Augen an. Thomas wird es bis ins Herz hinein warm.

„Ich bin die Susi. Danke für das Taschentuch."

„Du bist eine ganz höfliche junge Dame", mit diesen Worten hebt der Mann das federleichte Kind hoch, trägt es zum Wagen und setzt es auf den Rücksitz. Mit weit aufgerissenen Augen beobachtet das Mädchen angstvoll, wie Thomas sein Auto startet. Als der Fahrer nach wenigen Minuten einen Blick in den Rückspiegel wirft, stellt er fest, dass das Kind eingeschlafen ist.

Nach einer halben Stunde Fahrt bremst er den Wagen vor dem Rathaus ab. Wenig später kommt Thomas mit einer Behördenangestellten zum Auto zurück und zeigt auf das schlafende Kind, auf dem Rücksitz.

„Wissen sie wo das Kind hingehört?"

„Das kann nur die kleine Susanne sein, die seit Gestern im Kinderheim vermisst wird."

„Mein Gott aus dem Kinderheim?", bedauert Thomas das schlafende Kind.

Er kennt das Kinderheim nur vom Erzählen seiner Schulfreunde. Die Kinder der umliegenden Dörfer gaben sich nie mit einem solchen Heimkind ab, nun versteht er die anklagenden Worte des Mädchens.

„Ich werde veranlassen, dass jemand vom Kinderheim kommt und ihnen das Kind abnimmt", erklärt die Angestellte.

„Ach was, lassen sie die Kleine ruhig weiterschlafen. Ich kenne den Weg und bringe das Kind selbst ins Kinderheim."

„Wenn sie das wirklich tun wollen, dann bin ich ihnen sehr dankbar. Ich werde das Heim von ihrem Kommen unterrichten."

Thomas nickt der Frau beim Abfahren freundlich zu. Immer wieder schaut er während der Fahrt in den Rückspiegel, um sich zu versichern, dass das Mädchen noch ruhig schläft. Schon taucht das Gelände des Kinderparadieses auf. Eine dichte hohe Hecke umgibt einen großen Park. Sein Auto passiert das bereits geöffnete Gittertor und schon stoppt es vor dem neu renovierten Gutshaus. Die Leiterin wartet bereits auf der Freitreppe auf ihre Ausreißerin

„Vielen Dank, Herr …?"

„Ritter, Thomas Ritter."

„Wir haben die ganze Nacht nach Susanne gesucht und sie nicht gefunden. Beim Anruf der Sekretärin unseres verehrten Bürgermeisters ist uns ein Stein vom Herzen gefallen", stellt die Frau erleichtert fest. In diesem Augenblick erwacht Susi. Weil das grelle Sonnenlicht ihre Nase gekitzelt hat, muss sie erst einmal kräftig niesen.

„Wir sind zu Hause, Susi", sagt Thomas freundlich.

Das Kind zuckt zurück und hält ihre Puppe noch krampfhafter fest.

„Muss ich da wirklich wieder rein?", fragt Susi traurig.

„Wenn du möchtest, komme ich dich bald wieder besuchen?"

„Bitte, bitte komme recht bald", bettelt die Kleine.

„Komm erst einmal aus dem Auto heraus!", fordert sie Thomas auf. Susi steigt umständlich aus. Sie sieht herzerweichend aus, das Kleidchen ist zerknittert, ein Schuh fehlt und der andere Fuß ist pechrabenschwarz. Die Heimleiterin bekommt eine strenge Stirnfalte beim Anblick des Kindes und schüttelt empört den Kopf. „Wir müssen dich kleinen Schmutzfink sofort in die Badewanne stecken, damit du nicht auch noch krank wirst und die anderen Kinder ansteckst", kann sie sich nicht verkneifen, das Kind anzufahren.

Thomas ist irritiert, so hat er sich die Wiedersehensfreude über ein verloren geglaubtes Kind nicht vorgestellt.

„Ich danke ihnen Herr Ritter, sie sehen, dass ich mich nun um den kleinen Ausreißer kümmern muss."

„Darf ich noch erfahren, wie mein kleiner Schützling, mit Familiennamen heißt?"

„Wenn sie nichts anderes wollen. Susanne von Haldenberg macht uns laufend Probleme. Auf Wiedersehen."

Thomas stockt das Herz, er wiederholt für sich den Namen, deshalb kamen ihm ihre Augen so bekannt vor. „Warten sie, wie alt ist Susi?"

„Mit sechs Jahren sollte die junge Dame mehr Dankbarkeit für die Leistungen der Anderen zeigen", ruft die Leiterin über die Schulter. Danach knallt die Tür des Gutshauses hinter ihr und dem Kind laut zu.

Zurück bleibt ein völlig verstörter Mann.

„Kommen sie bitte hier herein", hören die Geschwister die sympathische Stimme von Dr. Wichmann, der im Begriff ist, die Tür zum Büro seines jungen Kollegen zu öffnen. Hinter Dr. Wichmann erscheint ein weiterer gutgekleideter Mann. Jo betrachtet ihn interessiert. Andreas reicht ihm mit einem Augenzwinkern die Hand.

„Hallo Joachim, gut, dass du uns unterstützt. Darf ich dir meine Schwester, die berühmte Detektivin Josephine Wendler, vorstellen?"

Der Neue sieht Jo fasziniert an. „Die Ähnlichkeit mit ihrer Schwester Sabine ist verblüffend", stellt er ehrlich fest.

„Nun weiß ich endlich, wer sie sind. Herzlich willkommen in unserem Team, Herr Redlich.

Ich will sie gleich auf unser Team einschwören, damit sie sich keine zu großen Hoffnungen machen. Denken sie immer daran, wir sind nicht die Polizei, deshalb müssen wir an unsere Recherchen intelligenter herangehen. Sie benötigen 10% Inspiration und verbrauchen 90 % Transpiration."

Begrüßt ihn Jo schmunzelnd und reicht Joachim und dann Dr. Wichmann die Hand.

„Nun ist es aber gut. Liebe Jo, Joachim hat schon vorgearbeitet und in der Senioren – Residenz eine Anstellung als Cheffahrer erhalten."

„Das lob ich mir", bringt sich Dr. Wichmann in Erinnerung. Er übergibt Andreas einige Unterlagen.

„Ich habe die Antragsformulare für das Ehepaar Specht überprüft, rechtlich ist alles korrekt formuliert. Bitte entschuldigen sie mich jetzt, ich muss mich nun meinem Klienten widmen. Lieber Kollege Berger informieren sie mich über ihr Meeting."

Beim Hinausgehen nickt er Jo und Joachim Redlich motivierend zu. Vor dem Betreten seines Büros wendet er sich an die Sekretärin, „bitte schicken sie Herrn Ritter, nach seinem Eintreffen sofort in mein Büro, Danke."

Joachim Redlich stellt den vollgetankten Firmenwagen, auf den ihm zugewiesenen Platz in der Tiefgarage ab. Ein paar Boxen weiter sieht er den Flitzer der Chefin und schräg gegenüber den Mercedes von Dr. Albert von Maiberg, ganz in der Ecke steht sein kleiner Citrön, der sich geradezu schäbig gegen die großen Wagen abhebt.

„Da sind sie ja endlich", empfängt ihn das Fräulein Doktor Felicitas von Maiberg, die jüngere Schwester des Chefs ungnädig.

„Bitte tragen sie die Akten aus dem Kofferraum des Wagens in das Penthaus."

Sie steht bereits am Fahrstuhl und wartet nervös auf Redlich. Dieser öffnet ihr die Fahrstuhltür. Während das Fräulein Doktor einsteigt, übergibt sie ihm die Wagenschlüssel. Das Penthaus des Chefs ist ungefähr 500 Quadratmeter groß, von dem Empfangssalon gehen mehrere Räume ab, ein großer Dachgarten schließt sich an. Hier fühlt sich der neue Chauffeur wie verloren. Das erkennt lächelnd der Hausdiener und nimmt ihm die Akten ab. Danach begibt sich der Neue ins Managementsekretariat, um seinen Einsatzplan abzuholen.

„Guten Morgen Frau Mayer", begrüßt er die hübsche Chefsekretärin freundlich.

„Guten Tag, also sie sind das neue Mädchen für Alles", stellt diese herablassend fest.

Sie fixiert ihn wie eine Raubkatze, die auf Frischfleisch aus ist.

„Wenn sie meinen", gibt er gelassen zurück.

„Bitte warten sie hier, ich hole ihre Unterlagen aus der Personalabteilung."

Joachim sieht sich in dem vornehmen Sekretariat um, dabei entgeht ihm nicht, dass Frau Meyer die Gegensprechanlage leise zum Mithören angestellt hat. Er stellt sich so an das Gerät, dass es nicht aufdringlich erscheint und hört sehr genau, was im Nebenraum besprochen wird. Nur eine Stimme kann Joachim seinem Chef zuordnen, der ihn am Morgen eingestellt hat, die anderen Stimmen hat er noch nicht gehört.

„Selbstverständlich wurde das Geld versicherungstechnisch genau berechnet, mein lieber Albert. Das ist nichts Ungewöhnliches bei einem Leibrentenvertrag. Beachte, dass du zukünftig die Leibrentenverträge nur bei Witwen ohne Erben anwenden darfst, sonst erlebst du das, was wir nun haben. Wir können nachweisen, dass damit die monatlichen Ausgaben bestritten werden, wie Unterkunft, Essen und medizinische Betreuung. Der Jahresbetrag wird multipliziert mit der von unserem, verehrten Amtsarzt ermittelten Lebenserwartung. Wenn diese kürzer als angenommen ist, haben wir einen Gewinn erwirtschaftet, es darf also nie ins Gegenteil umschlagen. Im Fall der bedauernswerten Frau Ritter hat sich unser Amtsarzt zu sehr geirrt, denn sie starb gleich nach der Unterzeichnung, das darf nicht wieder vorkommen. Du weißt mein Lieber, mitgegangen ist mitgefangen!"

Die Stimme des Chefs meint, „dein Befund bildet die Grundlage für die Höhe des abzuschließenden Leibrentenvertrages? Wie viel hat uns deine falsche Diagnose im Fall Ritter gebracht?"

„Rund einhundertfünfzigtausend, abzüglich des einen Monats, den die Dame in unserer Residenz verwöhnt werden konnte", hört Joachim eine dritte Person sagen.

„Sie mal an, ist wenigstens alles korrekt bei der Beisetzung verlaufen?", fragt der Chef.

„Was willst du damit sagen?"

„Ich meine, haben wir einen großen Kranz mit Schleife auf das Grab gelegt und wurden die sterblichen Überreste verbrannt?"

„Das haben wir so in die Aufnahmeverträge geschrieben, um die Kosten der Beerdigung und Grabpflege niedrig zu halten",

„Ach ja, das hatte ich vergessen, gut so. Warum sprecht ihr heute eigentlich diesen bereits abgelegten Fall an?", will der Chef noch wissen.

„Der Sohn dieser Frau Ritter wurde vor einigen Tagen aus dem Gefängnis entlassen!"

„Darüber macht ihr euch Sorgen?", hört Joachim eine, bisher schweigsame vierte Person.

„Der kann uns gefährlich werden, das ist doch …", stellt der Chef verärgert fest.

„Richtig, dein Vorgänger bei deiner Angetrauten", lacht einer der Herren.

„Der ist unglaubwürdig, ein verurteilter Mörder!", rechtfertigt sich der Chef.

Joachim erschrickt, als sich die Sekretariatstür öffnet und der Sekretariatsengel einschwebt. Sie blickt zu dem Neuen, dann zu ihrem Schreibtisch und erkennt sofort ihre Nachlässigkeit. Die Sekretärin stellt sich vor den Schreibtisch zwischen Anlage und Redlich und übergibt ihm den Einsatzplan. Unsicher sieht sie auf Joachim. Dieser gibt sich desinteressiert und studiert sofort seinen Einsatzplan. Sie räuspert sich erleichtert und sagt schließlich, „heute haben sie keine Fahrten mehr, sehen sie sich in der Residenz ein wenig um. Danach öffnet sie die Tür und komplimentiert ihn hinaus.

„Bis Morgen, Herr Redlich!"

Damit ist der neue Cheffahrer für den ersten Tag entlassen.

Nachdem der Neue das Sekretariat verlassen hat, beachtet Mary die angeschaltete Anlage nicht mehr, sondern tippt einen Brief ab. Dabei hört sie nicht, dass die Stimmen im Konferenzraum verstummt sind und sich hinter ihr ganz leise eine Tür geöffnet hat.

Die Worte, „hast du nun genug gehört?", lassen Mary von ihrer Schreibarbeit aufschrecken.

„Ich, ich habe gar nicht zugehört. Nie würde ich darüber sprechen", stammelt sie ängstlich.

„Dessen bin ich mir sicher!"

Kurz darauf fällt Mary nach einem „Aua", leblos vom Stuhl. Die Tür schließt sich genau so leise, wie sie geöffnet wurde.

Hilde Specht beobachtet, den etwa 30jährigen großen Mann, der suchend durch die Empfangshalle der Senioren – Residenz stolpert. Sie lehnt sich in dem bequemen Sessel zurück und faltet ihre Hände in ihrem Schoß, dabei fühlt sie sich recht behaglich. Sie sieht in seinem Gesicht tiefe Ratlosigkeit, dann dreht er sich in ihre Richtung um und läuft direkt auf den Aushang neben ihrem Versteck zu. Der Mann kann sie in der Nische noch nicht sehen. Plötzlich erinnert sie sich, wer der Mann ist. Er war ihr in der Stiftung von Sabine begegnet.

„Pst, Hallo Herr Redlich, hier bin ich."

„Gott sei Dank Frau Specht. Da sind sie ja, ich habe die ganze Residenz nach ihnen abgesucht!"

Sie lächeln sich erleichtert an. Es ist offensichtlich, dass beide Gefallen aneinander finden.

„In meinem Leben habe ich noch nie so einen sympathischen Aufpasser gehabt. Es beruhigt mich sie und damit meine Familie in der Nähe zu wissen", gesteht sie dem Jüngeren.

„Haben sie sich in der Residenz schon eingelebt, liebe Frau Specht?"

„Da es nur auf Zeit ist, kann ich ihre Frage bejahen", entgegnet sie etwas schrullig.

Sie überlegt eine Zeitlang, dann sieht sich die Frau suchend um, „wir dürfen nicht so vertraut miteinander plaudern, sonst schöpft man Verdacht!"

„Wo ist ihr Gatte, ich kann niemanden mit einem Rollstuhl entdecken?"

„Rudolf ist zur Untersuchung beim Amtsarzt in der Ambulanz."

„Was haben sie heute noch vor, Herr Redlich?"

„Ich bin seit heute morgen Chauffeur, Leibwächter und wie mir die Chefin heimlich anvertraute, Kindermädchen in Personalunion."

Hilde sieht aus dem Fenster und wird neugierig, „was ist denn da Draußen los?"

Sie zeigt zur Auffahrt. Eine schwarze Limousine mit Blaulicht und dahinter ein Notarztwagen stehen vor dem Hauptgebäude.

„Da kommt Rudolf", ruft Hilde erleichtert aus.

Eine Pflegerin, gefolgt von dem Fräulein Doktor schiebt den Rollstuhl durch die Halle. Hilde steht auf, läuft ihren Gatten entgegen. Joachim verbirgt sich in der Nische, um dem Fräulein Doktor nicht noch einmal am heutigen Tag zu begegnen.

„Frau Specht?"

„Ja, das bin ich."

Felicitas von Maiberg, reicht ihr reserviert die Hand und klärt sie auf. „Das Herz ihres Gatten ist sehr stark, sie brauchen sich keine Gedanken um ihn zu machen. Ich habe ihn gründlich untersucht und ein Belastungs- EKG gemacht, alles ohne Befund. Damit können sie beruhigt ihren Lebensabend in unserer Senioren – Residenz genießen."

„Sollte das nicht der Amtsarzt machen", entfährt es Hilde unvorsichtig.

Die Ärztin umgeht die Frage und antwortet diplomatisch, „der Amtsarzt wird sie beide in den nächsten Tagen nochmals untersuchen, ich bin mir sicher, auch er wird ihnen eine lange Lebenserwartung bescheinigen."

Und schon ist sie mit der Pflegerin in Richtung des Haupteinganges entschwunden.

„Die haben mich gestresst", berichtet nun Rudolf in einem nörgelnden Tonfall, wie es sehr alte und kranke Menschen tun."

„Er scheint mit der Diagnose, der jungen Ärztin nicht einverstanden zu sein", erklärt Hilde Joachim, der aus seinem Versteck herangekommen ist.

„Du wirst ganz hübsch die verschriebene Medizin der Ärztin nehmen. Zu Joachim gewandt fragt sie laut, „können sie uns das Rezept in der Apotheke einlösen, junger Mann?""

Leise erklärt sie ihrem Mann die Funktion von Joachim Redlich. Danach verabschiedet sich das Ehepaar Specht. Joachim verspricht am nächsten Tag die Medizin mitzubringen.

„Jo kannst du sofort zu uns in die Stiftung kommen?", hört die Detektivin den Hilferuf ihrer Schwester beim Abhören ihres Anrufbeantworters. Sie zieht sich sofort wieder ihren Mantel an und trifft wenige Minuten später in der Cornelia van Holms Stiftung ein.

„Bloß gut, dass du gleich kommen konntest, Joachim ist völlig am Boden zerstört."

Sabine hilft der Schwester aus dem Mantel und führt sie in das Büro ihres Stellvertreters. Joachim sitzt völlig orientierungslos vor seinem Schreibtisch. Seit geraumer Zeit will er seine Erlebnisse in der Residenz zu Papier bringen, was ihm nicht gelingt. Ihm fällt ein Stein vom Herzen, als die Zwillinge sein Büro betreten.

„Ist etwas mit Rudolf oder Hilde?", will Jo als Erstes wissen.

„Nein, den beiden geht es gut. Jedoch die Chefsekretärin ist tot. Neben ihr fand die Polizei eine Spritze, angeblich soll sie sich den goldenen Schuss gegeben haben. Das kann nicht stimmen, denn ich war wenige Minuten vor ihrem Tod im Sekretariat und habe mir von ihr meinen Einsatzplan geben lassen. Sie machte zu diesem Zeitpunkt nicht den Eindruck, freiwillig aus dem Leben scheiden zu wollen. Im Nachbarraum fand eine Konferenz statt. Ich hatte eher den Eindruck, dass sie auf Abruf war, um die Beratungsteilnehmer zu unterstützen, denn sie hatte die Gegensprechanlage auf Mithören geschaltet."

„Warum sind sie dann so unruhig?", versteht Jo diese Situation nicht.

„Ich habe über die Wechselsprechanlage einige Wortfetzen mitgehört."

„Und das bringt sie gleich aus dem Gleichgewicht.   Was wurde denn gesagt?"

„Wenn ich mich nicht irre ging es um Leibrentenverträge und den Tot von einer Frau Ritter sowie einem damit erzielten Gewinn von über 100.000 Euro."

„Das ist ja höchst interessant, insbesondere für unsere Recherchen. Bitte schreiben sie genau auf, was sie hörten. Wissen sie wer an der Konferenz teilnahm?

„Ich hörte vier unterschiedliche Stimmen, eine davon gehörte Albert von Maiberg, die anderen Teilnehmer sind mir unbekannt."

„Bitte versuchen sie in den nächsten Tagen, die anderen Teilnehmer zu finden, oder haben sie Bedenken wieder in die Residenz zu gehen?"

„Wenn ich ehrlich bin, ja."

„Hat sie jemand im Büro der Sekretärin beobachtet?"

„Ich glaube nicht."

„Joachim, wenn du morgen deinen Dienst nicht antrittst, dann wirst du verdächtigt", mischt sich Sabine in den Dialog mit ein. Joachim seufzt, „gut ich werde wieder hingehen, ich kann doch die Familie Specht nicht in Stich lassen."

„Das ehrt sie, aber ihre Sicherheit geht natürlich vor, wenn sie Angst haben spüren es die Anderen. Wollen sie noch einmal mit Andreas sprechen?", fragt Jo.

„Ich glaube auch, dass Andreas über den Vorfall informiert werden muss", stellt Sabine fest.

„Gut wir rufen Andreas an und bitten ihn zu uns zu kommen."

Andreas bestätigt die Meinungen seiner Schwestern. Er ist der Ansicht, dass sich etwas in der Residenz ereignet hat, das vermutlich bald eskalieren wird. Er resümiert, „nun müssen wir nur noch abwarten und alle Geschehnisse im Zusammenhang betrachten. Nach dem Gespräch mit Andreas ist Joachim wieder gefestigt und sicher.

„Bitte entschuldige, dass ich so lange weg war. Ich hab auf dem gesamten Gelände der Residenz keine Tageszeitung gefunden", stürzt Hilde aufgeregt in das gemütliche Zweizimmerappartement.

Ihr Mann greift sofort zum Telefon und ruft die Kanzlei Dr. Wichmann & Partner an. Von der Rechtsanwaltsgehilfin erfährt er, dass beide Anwälte im Amtsgericht sind, sie werde seine Information, dass es in der gesamten Senioren – Residenz keine Tageszeitung zu kaufen gibt, weiterleiten.

„Liebling, dann bleibt uns nur noch ein Ausflug in die Stadt übrig, um an eine Tageszeitung zu kommen. Ich bestelle ein behinderten gerechtes Taxi."

Wenig später sitzt das Ehepaar in dem bestellten Taxi und lässt sich zu einem Lesecafe fahren. Hilde schiebt den Rollstuhl ihres Mannes in das

Cafe. Beim Betreten sehen sie, dass auch hier alle Zeitungen vergriffen sind.

„Schiebe mich bitte zu dem Tisch des älteren Herren, der seine Zeitung schon vor sich liegen hat, dort sind auch noch Plätze frei."

Hilde bestellt zwei Gedecke, während Rudolf die Gäste beim Lesen beobachtet. Der Tischnachbar spricht Rudolf an und zeigt auf die Zeitung.

„Was halten sie von dem Skandal?"

„Wovon sprechen sie?"

„Na von der Sekretärin hier, die von ihrem Chef ein Kind erwartet."

„Es ist nichts ungewöhnliches, das eine Sekretärin, bzw. der Chef sich mit seiner Angestellten einlässt", reagiert Rudolf diplomatisch.

„Das stimmt schon, aber die Frau soll deshalb umgebracht worden sein. Natürlich hat die Polizei die Ehefrau in Verdacht."

„Was sie nicht sagen. Hat die Frau den Mord schon gestanden?"

„Das stand nicht in der Zeitung."

Rudolf rückt sich in seinem Rollstuhl zurecht.

„Darf ich ihre Zeitung haben, damit ich mir darüber selbst ein Bild machen kann?"

Der Herr reicht Rudolf bereitwillig die Tageszeitung. Nach dem Lesen übergibt Rudolf seiner Frau die Zeitung, die an einer langen Leiste geklemmt ist.

„Ich fand in der Zeitung keinen Hinweis, dass die Ehefrau mit dem Mord etwas zu tun hat, es war lediglich eine Mitteilung über den Rauschgifttod einer schwangeren Frau, gut in dieser Zeitung etwas reißerisch aufgemacht. Woher haben sie die anderes lautende Information?"

Der Tischnachbar fühlt sich in die Enge getrieben und wird gesprächig.

„Sie müssen wissen, meine Enkeltochter arbeitet in der Küche der Senioren – Residenz, dort wissen alle, dass der Chef seine Hände nicht von anderen Frauen lassen kann.

Es ist bekannt, dass seine Frau, die graue Eminenz der Residenz, keine Kinder bekommen kann und sehr eifersüchtig ist."

„Und da haben sie die Frau gleich zur Mörderin gestempelt. Seien sie vorsichtig mit solchen Behauptungen, das kann ihnen eine Verleumdungsklage einbringen."

Der Mann ist eingeschnappt. Er erhebt sich, geht zur Bedienung, bezahlt seine Zeche und verlässt wortlos das Lesecafé.

„Weist du nun, liebes Hildchen, warum es in der gesamten Residenz keine Tageszeitung gibt?", fragt Rudolf spitzbübisch.

„Es war ganz gut einen Ausflug hierher zu machen, diese Information hätten wir in der Residenz nicht erhalten."

„Da muss ich dir voll und ganz zustimmen!"

„Die haben ganz viel Dreck am Stecken!"

„Du sagst es, meine Liebe."

Zurückgekehrt übergibt der Portier dem Ehepaar ein Päckchen, mit mehreren Tageszeitungen von der Anwaltskanzlei. Beim Studieren der Presse beginnt Rudolf zu schimpfen. „Wer hat die Presse vor Beendigung der Ermittlungen herangezogen? Zu meiner Zeit wurde erst ermittelt und dann das Ergebnis in einer Pressekonferenz bekannt gegeben.

Mit dieser schlampigen Taktik blühen die Gerüchte und erschweren die Ermittlungen."

Hilde schreit beim Lesen plötzlich auf.

„Die Schlagzeile ist eine Frechheit, Mord an ungeborenem Leben, hoch lebe die Senioren – Residenz. Weiter heißt es, wie uns eine ehemalige Mitarbeiterin mitteilte, verordnete die Chefin, ihres Zeichens Unternehmerin des Jahres, allen jüngeren Angestellten die Antibabypille.

Weil die junge Frau die Pille vergessen hatte, schwanger wurde und keiner Schwangerschafts-Unterbrechung zustimmte, erhielt sie ihre Kündigung."

„Da muss ich dir zustimmen, dass diese Aussagen unverschämt sind, sie erhöhen jedoch die Auflage. Wer hat das geschrieben?"

Rudolf lässt sich die Titelseite zeigen und winkt verächtlich ab. „Was erwartest du von diesem Blatt, damit ist die Chefin bereits moralisch tot?"

„Rudolf, ich habe bei dem Artikel ein ungutes Gefühl."

„Was willst du damit sagen?"

„Hatte unsere Jo, nicht vor einigen Tagen, Frau von Maiberg gerade zu dem Thema-Unternehmerin des Jahres - für eine Zeitung befragt?"

„Das war eine fingierte Reportage, sie hat nur Material gesammelt und nicht weitergeleitet."

„Und wenn doch? Hoffentlich erhält sie keine Anzeige wegen Betrug, wenn herauskommt, dass sie gar keine Journalistin ist."

„Das glaube ich nicht, die graue Eminenz, wie sie hier genannt wird, hat zurzeit ganz andere Probleme."

Angelika von Maiberg hält sich seit zwei Tagen an einem unbekannten Ort auf. Sie hatte nach dem Interviewe mit der Reporterin über ihr Leben nachgedacht, dabei regte sich ihr schlechtes Gewissen gegenüber von Susanne. So war sie gleich ins Kinderheim gefahren, um persönlich eine größere Spende der Aktiengesellschaft zu übergeben, in der Hoffnung, Susanne wenigstens einmal sehen zu können. Nachdem das Geschäftliche abgewickelt ist, sie eine Spendenbescheinigung über den großzügigen Scheck erhalten hat, kann die Spenderin das Waisenhaus besichtigen. Sie darf einen Blick in den Speisesaal werfen, in dem sich die Kinder zum Mittagessen versammelt haben. Angelika erkennt Susanne nicht, sie will nicht nach ihr fragen, um ihr eigentliches Anliegen preiszugeben. Traurig verlässt die Frau das Heim. Sie fährt durch die Hügellandschaft und denkt plötzlich an die schönen Stunden, die sie hier mit Thomas verbracht hat.

Im Vergleich zu Albert, der jedem Frauenrock nachläuft, war Thomas ein Heiliger. Dann geschah der Mord an ihrer Mutter. Thomas wurde dafür zur Verantwortung gezogen. Niemand nahm auf sie Rücksicht, ihr Stiefbruder Roland war nur noch auf sein Erbe aus, das er letztendlich auch noch mit ihr teilen musste. Er war es, der auf eine schnelle

Verurteilung von Thomas Ritter drängte. Letztendlich machte Roland seiner Schwester Vorwürfe, weil sie von einem Verbrecher ein Kind erwartete.

Er schickte sie bis zur Niederkunft in die Schweiz, der Säugling kam sofort in ein Kinderheim. Danach wurde sie mit Albert von Maiberg verkuppelt, der nur ihr Geld wollte. Sie musste gegen ihren Willen in der Senioren – Residenz arbeiten. Eine Arbeit, die sie nie machen wollte. Schon nach den Flitterwochen gingen die Ehepartner eigene Wege.

Vor ihrer Abreise informiert Angelika ihrem Mann, dass sie die Scheidung einreichen wird. Er hatte gleich darauf seine Vertrauten zu einer Konferenz eingeladen.

An dieser außerordentlichen Vorstandssitzung wollte Angelika nicht teilnehmen, deshalb war sie einfach am Morgen, ohne eine Nachricht zu hinterlassen, mit ihrem Auto weggefahren.

Angelika ist zu aufgewühlt, dass sie noch nicht nach Hause fahren will. Sie lenkt ihr Auto zu einen kleinen Gartenrestaurant und findet am Fenster einen ruhigen Platz, der sie vor neugierigen Blicken schützt. Ihr bleibt plötzlich das Herz stehen, da geht Thomas Ritter. Kann das wirklich sein, hat er seine Strafe schon abgebüßt? In seiner Begleitung befindet sich eine Frau. Angelika schiebt die Gardine zur Seite und erkennt die Reporterin, die sie als Unternehmerin des Jahres, vor einigen Tagen, zu ihrem Leben befragt hat. Was soll das alles, hat mich das saubere Pärchen hintergangen?

Gehässige Blicke gleiten zu Angelika von Maiberg und weiter zu dem Paar, das gerade im Begriff ist ein Auto zu besteigen. Eine halbe Stunde später bezahlt Angelika und verlässt das Restaurant. Sie steigt in ihr Auto und bemerkt nicht, dass sie verfolgt wird. An einer kurvenreichen Strecke taucht plötzlich aus dem Nichts ein großer abgedunkelter Geländewagen hinter ihrem Auto auf. Die Stoßstange des Verfolgers berührt höchst unseriös ihren Wagen und versucht ihn von der Straße zu drängen. Die versierte Fahrerin versucht immer wieder dem Wagen auszuweichen, der unaufhörlich von hinten ihr Fahrzeug attackiert. Angelika ist verzweifelt und fährt höchst unsicher. Sie erhöht das Tempo ihres Wagens.

Die Nadel auf dem Tacho schlägt immer weiter aus, 120, 140, 170, 200, der Verfolger fällt langsam zurück. Die Frau konzentriert sich nur noch auf ihre Flucht und blickt dabei immer wieder in den Rückspiegel. In einer Kurve verliert sie die Gewalt über ihren Wagen, fährt in den Straßengraben und überschlägt sich mehrmals. Der Verfolger verschwindet, ohne anzuhalten. Wenig später findet die Polizei das Autowrack, die Fahrerin wird mit lebensbedrohlichen Verletzungen in ein Krankenhaus überführt.

Kommissar Bachmann hat ein ungutes Gefühl, abermals mustert er mißtrauig das Sekretariat. Überall im Raum sind Spuren verstreut, die ein Laie nicht bemerken würde. Da zum Beispiel eine halb aufgerauchte Zigarre im Aschenbecher, wild herumliegende Akten, die aufnahmebereite, ständig blinkende Wechselsprechanlage und die zerknüllten Blätter in dem überquellenden Papierkorb. Spuren, die den Täter, wenn es einen gibt, entlarven können. Die Kollegen der KTU haben bereits am Vortag das Sekretariat mit all seinen sichtbaren und unsichtbaren Spuren fotografiert und Spuren gesichert. Sinnend blickt der Kommissar auf die Spritze mit der Nadel, die noch immer auf dem Fußboden liegt, neben dem nunmehr weiß umrandeten Fundort der Toten.

Auf dem Schreibtisch liegt eine leere Ampulle. Bachmann entziffert die Aufschrift, Morphinchlorid. Diese Mary hatte es also sehr eilig aus dem Leben zu scheiden.

Er versucht sich vorzustellen, wie der Selbstmord vor sich gegangen sein kann;

die Sekretärin schreibt einen Brief,

im Nachbarraum findet eine Konferenz statt,

sie steht mechanisch auf,

nimmt aus ihrer Tasche die Spritze und Ampulle,

danach sägt sie die Ampulle ab,

zieht die Flüssigkeit in die Spritze,

setzt sich auf ihren Bürostuhl,

stößt die Nadel in den Arm und

drückt den Kolben der Spritze bis zum Anschlag,

danach gleitet die Frau vom Stuhl auf den Boden.

Bachmann schüttelt mit dem Kopf. So wie die Spritze hier liegt, kann sie der bewusstlosen Frau nicht entglitten sein, eher hat die Spritze eine Lage, wie von einer zweiten Person absichtlich so drapiert.

Der Kommissar streift seine Gummihandschuhe über und steckt einige für ihn interessante Gegenstände in eine Plastiktüte. Die Spritze, Ampulle, den Zigarrenstummel und die Papierbögen aus dem Papierkorb glättet er und steckt diese in einen leeren Aktenordner.

Dann nimmt er die Handtasche von Mary in Augenschein. In die Handtasche setzt Bachmann seine größte Hoffnung und wird nicht enttäuscht. Denn seiner Ansicht nach verrät die Handtasche einer Frau ihren wahren Charakter. Alle hier verstauten Dinge haben ihre eigene Psychologie, die ein guter Ermittler kennen muss. Frauenhandtaschen sind wie Hunde, diese nehmen sehr schnell den Charakter ihrer Besitzerin an. Neben einigen Schminkutensilien findet der Kommissar die Kassette eines Diktiergerätes oder eines Antwortbeantworters, diesen Fund steckt er in seine Plastiktüte für die Didaktiker. Danach nimmt er sich vor, mit den Personen zu reden, die mit der Sekretärin dienstlichen Kontakt hatten. Er beauftragt seinen Mitarbeiter Unterkommissar Winkler, „bitte unterrichten sie alle Angestellten und die Chefetage, dass ich mit jedem Einzelnen sprechen möchte."

„Das wird sofort erledigt, Herr Kommissar."

„Halt!" Bachmann schlägt sein Notizbuch auf. „Ich beginne am besten gleich mit Dr. Albert von Maiberg, danach mit seiner Schwester, daraufhin mit seiner Gattin und dann mit dem Aufsichtsrat und den Angestellten, Danke."

Wenig später tritt Dr. Albert von Maiberg in das Konferenzzimmer, das sich der Kommissar für seine Befragungen an Land gezogen hat.

„Was wollen sie von mir? Ich für meinen Teil war die ganze Zeit in der Konferenz, danach in meinem Penthaus und hörte von dem Unfall erst, nachdem Mary bereits weggebracht worden war."

„Unfall? Sehr geehrter Doktor, ihre Sekretärin hat Selbstmord begangen!"

„Selbstmord? Dazu hatte sie keine Veranlassung."

„Was meinen sie damit?"

„Womit?"

„Nun, dass sie dazu keinen Grund hatte?"

„Nichts!"

„Gut, dann danke ich Ihnen. Sie können gehen."

Verärgert steht der Chef der Residenz auf und verlässt den Raum wortlos.

Bei dem Fräulein Dr. Felicitas von Maiberg muss sich der Kommissar während der Befragung das Lachen verkneifen. Die Befragte zieht mächtig vom Leder. Sie kann sich einen Selbstmord, schon unter medizinischem Aspekt nicht vorstellen, eher einen Mord und dafür hat sie gleich eine Täterin parat. Sie meint, dass ihre Schwägerin schon lange auf die Sekretärin, die sich mit ihrem Mann eingelassen hat, eifersüchtig ist. Bachmann spürt, dass das Fräulein Doktor hasserfüllt gegen beide Frauen ist.

Nach einer Pause will der Kommissar die Befragungen fortsetzen. Da stürmt sein Mitarbeiter in den Beratungsraum.

„Ich kann Frau Angelika von Maiberg nicht finden. Sie soll seit gestern, vor dem Auffinden der Sekretärin, in der Residenz nicht mehr gesehen worden sein."

„Danke, lieber Winkler, wir schließen für heute hier ab. Erst müssen wir klären, ob es sich tatsächlich um einen Selbstmord handelt. Unsere Kollegen der Daktyloskopie werden alles noch einmal nach Fingerabdrücken absuchen, danach wissen wir erst, wer sich noch im Sekretariat aufgehalten hat. Morgen erhalten wir die Ergebnisse der Gerichtsmedizin, die mehr Licht ins Dunkle bringt. Übergeben sie bitte diese Beweisstücke unseren Kollegen."

Damit übergibt er dem Mitarbeiter die Plastiktüte. Kommissar Bachmann hat sich in seine Theorie verbissen, dass der Selbstmord nicht mit rechten Dingen zuging. Er will wissen, ob diese Mary überhaupt einen Selbstmord verübte oder einer dabei nachgeholfen hat. Eine Augenblicksdepression, um die es sich augenscheinlich handeln könnte, einer Morphinistin ist eine mögliche Erklärung, diese muss erst bewiesen werden. Der Kommissar seufzt, vielleicht findet er eine Erklärung im Inhalt des Papierkorbes oder der Kassette.

Er informiert sofort nach der Rückkehr ins Polizeipräsidium den Staatsanwalt von seiner Theorie.

„Lassen sie mich hören, was sie von dem Fall halten", empfängt ihn der Gesetzeshüter.

„Wir wissen das Wichtigste noch nicht, war es Selbstmord oder Mord. Vorläufig gehe ich noch von Selbstmord aus. Möglich wäre alles, jedoch fehlen die Ursachen, warum diese attraktive Frau sich gerade in ihrem Sekretariat umbringen musste."

„Das verstehe ich nicht."

„Die Mordtheorie ist nicht von der Hand zu weisen, wenn ich die Hassattacke von Felicitas von Maiberg gegenüber der Sekretärin und der Frau ihres Bruders genauer betrachte. Eins ist mir rätselhaft, Angelika von Maiberg ist seit gestern Morgen unauffindbar."

Kommissar Bachmann erklärt nach der Rücksprache mit dem Staatsanwalt seinem Kollegen Winkler, „für den Tot der Sekretärin fehlt uns das Motiv und ein Selbstmord oder Mord, ohne Motiv, ist ein Teufelskreis. Wir können recherchieren wie wir wollen und landen doch immer wieder am Anfang, im Sekretariat."

Herr Redlich verspätet sich schon am zweiten Arbeitstag, was bei dem Durcheinander nicht weiter schlimm wäre, wenn nicht das Ehepaar Specht beunruhigt auf ihn warten würde.

Sie sitzen bereits unter einem Sonnenschirm im Terrassencafé der Senioren – Residenz und versuchen ihre Eindrücke, der zwei Tage ihres Aufenthaltes, zu rekonstruieren. Dabei stellt Rudolf verärgert fest, „ich weiß nicht, woraus die Angestellten in diesem Terrassencafé diesen ungenießbaren Sud hergestellt haben, mit Kaffee hat das wenig zu tun!"

Das Café ist fast leer, nur zwei ältere Damen sitzen allein an je einem Tisch und starren stumpfsinnig vor sich hin. Die Serviererin liest in der Ecke eine, den Insassen vorenthaltene Tageszeitung und schnalzt laut mit der Zunge. Da stürzt Redlich endlich ins Café, in der Hand hält er die besorgte Tablettenschachtel für Herrn Specht. „Entschuldigen sie meine Verspätung, es ist so viel in den letzten 24 Stunden geschehen. Ihren Gesichtern entnehme ich, trotz Informationssperre, dass sie bereits unterrichtet sind?"

„Ja, wir waren erstaunt heute keine Tageszeitung auf dem Gelände der Senioren – Residenz zu erhalten, deshalb haben wir uns in der Stadt sachkundig gemacht und wissen, dass die Chefsekretärin verstorben ist", antwortet Rudolf.

„Verstorben? Umgebracht wurde die Frau!"

„Woher wissen sie das, lieber Herr Redlich?"

„Das pfeifen doch alle Spatzen hier vom Dach."

„Können sie mir diese Spatzen näher beschreiben?"

„Der Chef und seine Schwester, das Fräulein Doktor sind der Ansicht, dass es sich um Mord handelt. Sie verdächtigen Frau Angelika von Maiberg, die seit dem unauffindbar ist. Zumindest haben sie sich heute Morgen früh so im Auto geäußert, nachdem ich die Beiden vom Kommissariat abgeholt habe. Sie wurden dort von einem Kommissar Bachmann schon das zweite Mal vernommen."

„So, so unser lieber Bachmann, also die Mordkommission hat den Fall bereits übernommen", schmunzelt Rudolf wissend. Vor vielen Jahren hatte er Rolf-Ludwig eingearbeitet, sie waren gute Freunde geworden und verkehren bis heute familiär zusammen.

„Haben sie, wie es ihnen Jo auftrug, die anderen Stimmen von der gestrigen Konferenz ausfindig machen können?"

„Ja, an der Beratung nahmen vier Personen teil. Dr. Albert von Maiberg, der Amtsarzt, Dr. Johann Friedrichs, der Unternehmensberater Jürgen Schäfer und der Vierte muss ein Verwandter der Frau des Chefs sein. Diese vier gehören zum Kern des Aufsichtsrates. An der

Beratung fehlten, Frau Angelika von Maiberg und das Fräulein Doktor."

„Das ist korrekt, das Fräulein Doktor untersuchte mich zur Tatzeit im Auftrag des Amtsarztes, deshalb scheidet sie als Verdächtige aus", stellt Rudolf sofort fest.

„Dann ist die Annahme, dass Frau von Maiberg als erste Tatverdächtige ins Auge fällt, gar nicht so abwegig?", will Joachim von Rudolf bestätigt wissen.

„Solange ihr der Mord nicht nachgewiesen werden kann, ist sie unschuldig, bitte nehmen sie das zur Kenntnis, Herr Redlich."

„Sie ist weg. Kurz bevor der Mord geschah, oder was das auch immer war, sah ich ihr Auto noch in der Tiefgarage. Danach begab ich mich im Auftrag von Fräulein Dr. Felicitas von Maiberg in das Penthaus, um dort Akten zu deponieren und danach meinen Einsatzplan von der Chefsekretärin entgegen zu nehmen. Da war die Sekretärin noch putzmunter. Als ich sie nach wenigen Minuten verließ, wollte sie einen Brief abtippen.

Mir ist unerklärlich, dass sie sich gleich danach umgebracht haben soll. Das erscheint mir als Laien sogar unwahrscheinlich."

„Haben sie ihre Beobachtungen schon der Polizei mitgeteilt?"

„Nein, ich habe Angst davor."

Und warum?"

„Weil ich der Letzte war, der die Sekretärin lebend gesehen hat."

„Wie kommen sie darauf, dass sie der Letzte waren? Lieber Redlich, sie haben kein Motiv die Frau umzubringen. Bitte gehen sie umgehend zu Kommissar Bachmann, dem wird ihre Aussage bei seinen Ermittlungen helfen."

„Wenn sie meinen, dann will ich nicht länger warten. Auf Wiedersehen."

Etwas beruhigter verabschiedet sich Joachim Redlich von dem sympathischen Paar.

Die Operation ist beendet, die Verunglückte wird auf der fahrbaren Trage aus dem OP gerollt. Der Chefarzt und seine Helfer schrubben sich nach der mehrstündigen Operation gründlich die Hände. Zur Stationsschwester gewandt meint der Chefarzt optimistisch, „wenn sich auch nur die kleinste Komplikation einstellt, rufen sie mich bitte." Die Schwester nickt. Nachdem das Operationsteam den Saal verlässt, erhebt sich ein Polizist, der seit Stunden auf einer Bank vor dem OP gewartet hat, und blickt den Chefarzt fragend an.

„Wir konnten die Verunglückte am Leben halten, es besteht keine akute Lebensgefahr mehr."

„Sehr geehrter Herr Professor Reinhold, wir haben bisher die Identität der Frau noch nicht klären können, vermutlich ist die Handtasche beim Unfall herausgeschleudert worden. Meine Kollegen sind zur Stunde damit beschäftigt, das Unfallgeschehen auf der Straße zu rekonstruieren. Wir sind vorläufig darauf angewiesen, dass uns ihre Patientin über ihre Herkunft selbst aufklärt. Wann wird sie aus der Narkose erwachen?“

„In zwei Stunden, selbstverständlich wird sie die zuständige Stationsschwester anrufen, wenn die Patientin wieder ansprechbar ist, bitte haben sie so lange Geduld.“

Die Männer sehen nicht, wie zwei Augen sie beobachten.

Von den Unfallfolgen gekennzeichnet, liegt Angelika am nächsten Tag vollständig gelähmt im Krankenbett. Sie ist bewegungsunfähig und hilflos, sprechen kann sie nicht mehr. Ihre Augen sind weit geöffnet, ruhelos gleiten sie durch den Raum, als suche sie eine Antwort auf die Frage nach dem „Warum?“ Ihr Gesicht, obwohl es bleich und eingefallen ist, wirkt auf gespenstige Weise lebendig und drückt den Willen aus, sich noch einmal mitteilen zu wollen. Mehrere Personen stehen am Krankenbett.

Neben dem Chefarzt, Kommissar Bachmann und Albert von Maiberg steht ein Geistlicher. Zu diesem blickt die Kranke Hilfe suchend auf. Keiner der Anwesenden hält ein Wiederaufleben der todkranken Frau für möglich. Der Chefarzt war nach der Operation überzeugt, das Menschenmögliche für seine Patientin getan zu haben. Er glaubte dabei sogar an eine Heilung, nun verharrt er lediglich nur noch am Krankenbett, um Zeuge des letzten Atemzuges zu sein.

An der Tür klopft es sanft, Felicitas von Maiberg steckt ihren Kopf durch die Tür und macht ihren Bruder ein Zeichen herauszukommen.

„Wie geht es Angelika?", fragt sie Albert vor der Tür.

„Meine geliebte Frau, liegt im Sterben."

„Geliebte?"

Albert hat absichtlich von „meine geliebte Frau" gesprochen, um sich gegenüber Felicitas abzugrenzen und bei dem Pflegepersonal den Schein zu wahren. Sofort wird seine Schwester hellhörig, ihr vornehm blasses Gesicht wird noch bleicher.

Lange stehen sie sich gegenüber und schweigen. Dann beginnt Felicitas leise zu sprechen.

„Wie hätte ich ahnen können, dass es so schlimm um Angelika steht."

Er sagt schließlich, „als wir uns vor zwei Tagen stritten, ist sie einfach davon gefahren. Warum habe ich sie nicht festgehalten, dann würde sie nicht hier liegen."

Albert ist plötzlich den Tränen nahe und macht einen jammervollen Eindruck.

„Bitte Albert, du solltest dich hier etwas zusammennehmen", weist ihn seine Schwester zurecht.

In seinem Kopf dreht sich alles. Vorgestern wollte sich Angelika noch von ihm scheiden lassen, damit hätte er alles verloren, nun wird er bald Witwer und vermögend sein. Nur noch ein paar Stunden muss er durchhalten.

„Die Nerven, liebe Felicitas, die Nerven, ich bin wahrhaftig am Ende", stößt Albert theatralisch hervor.

„Ist ein Arzt bei deiner Frau?"

„Ja der Chefarzt."

„Ein Glück, ich rede mit ihm."

„Worüber?"

Der Bruder gibt ihr Rätsel auf. Warum läuft Albert plötzlich hin und her und bricht in Schweiß aus? Sie betrachtet ihn eingehend. In der Tat erinnert sie der Ältere in diesem Moment stark an einen Todeskandidaten, der in seiner Zelle darauf wartet, um vor den Henker gebracht zu werden.

Felicitas ist sich auf einmal im Klaren, das Alberts seltsames Benehmen nicht von der Angst um seine Frau bestimmt ist. Und sie sagt das ihrem Bruder auf den Kopf zu.

„Ich weiß nicht, was mit dir auf einmal los ist und sicher ist es auch besser für mich, niemals davon zu erfahren. Offenbar bist du in eine sehr dumme Sache geraten."

Albert nickt und dreht sich zur Wand. Nach einigen Augenblicken dreht er sich plötzlich wieder zu Felicitas um und blickt ihr direkt in die Augen.

„Kannst du ihr ein Mittel verabreichen, damit sie noch einmal zu sich kommt und ihr Testament ändert. Ich will, dass ihre Verwandten nicht mehr erbberechtigt sind, wie sie es im Falle eines Unfalltodes, im Ehevertrag festgelegt hat?"

Das ist der jungen Ärztin zu viel. Nebenan im Krankenzimmer liegt ihre, wenn auch nicht heiß geliebte Schwägerin im Sterben und Albert denkt nur ans Erben. Ungewöhnlich hart spricht sie ihn an, „du hast miese Geschäfte gemacht und nun müssen wir es ausbaden, du Judas!"

Nur weil Albert im Moment in der Falle sitzt, ist er bereit sich die Vorwürfe seiner Schwester anzuhören. Allerdings nicht endlos, denn er ist der Ansicht, ein Rest von Würde muss ein Mann von Ehre haben.

„Eine alte Jungfer, wie du es langsam wirst", höhnt er plötzlich, „sollte sich um einen Mann kümmern und nicht die Füße unter den Tisch des Bruders stecken!"

Obwohl das nicht zur Sache gehört, hält er ihr ungerechterweise vor, dass sie sich nur um seine Klinik gekümmert hat. Was nimmt sich dieses Miststück heraus. Langsam beruhigt sie sich wieder.

„Was bist du nur heute so aufgeregt?", lenkt Felicitas ein.

„Weil ich mächtig in der Scheiße stecke. Und wenn ich da nicht schleunigst herauskomme, trifft es auch dich und unsere Existenz. Ich wurde angeschmiert, bin unter die Räder gekommen, die haben mich nach Strich und Faden beschissen. Unser ganzes Geld ist futsch, ich bin ohne Angelika mittellos."

„Wer sind die?"

„Das kann ich dir hier nicht sagen. Eine runde Million haben wir verloren und das ist noch nicht alles. Ich habe nicht nur unser eigenes Geld verspekuliert, sondern auch das der Aktionäre."

„Das kann ich jetzt nicht glauben, eine glatte Unterschlagung?", will seine Schwester wissen.

„Ja, was unsere Aktionäre mit uns veranstalten, lässt sich nicht beschreiben. Sie verlangen sofort ihr Geld von mir zurück.

Es dauert nur noch Stunden dann erfolgt eine Anzeige bei der Staatsanwaltschaft, bitte lass uns endlich handeln."

„Wieso sind die Aktionäre plötzlich so aggressiv. Gestern hattet ihr noch eine einvernehmliche Vorstandssitzung?", zweifelt Felicitas.

„Nach dem Tod von Mary und dem Unfall von Angelika hat sich alles geändert."

Da wird sich Felicitas plötzlich bewusst, dass sie ihrem, im hohen Maße schuldig gewordenen Bruder helfen muss. Sie sagt zu ihm, „eine halbe Million ist viel Geld, anderseits", sie weist mit der Hand zur Tür des Krankenzimmers, „sollten wir nun einen kühlen Kopf behalten und alle Möglichkeiten unserer Rettung in Betracht ziehen. Deine Frau hinterlässt bei ihrem Tod ein riesiges Kapital aus ihrem geerbten Vermögen; Aktien, Beteiligungen und Grundbesitz, in einer Gesamthöhe von 40 Millionen. Bei einer Scheidung hättest du nichts davon!"

„Das trifft leider auch bei einem Unfall zu!", ergänzt er.

„Da siehst du, wie sie dir von Anfang an nicht getraut hat. Jedoch ob die Gläubiger so lange warten, bis wir eine Lösung gefunden haben, ist zweifelhaft."

„Ich stimme dir in allem zu, allein der Aufsichtsrat wollte mich heute Morgen schon zur Kasse bitten."

„Dann biete ihnen 10% Zinsen."

„Die werden 30% verlangen, weil sie wissen, dass mir das Wasser bis zum Halse steht."

„Dann zahle ihnen das, was sie wollen."

„In diesem Moment öffnet sich die Tür des Krankenzimmers, der Chefarzt und Kommissar Bachmann treten heraus und unterhalten sich auf dem Gang.

„Sie sagten, sehr geehrter Herr Professor, dass sich ihre Patientin gestern Abend in einem stabilen Zustand befunden hat?"

„Ja, die Frau gab bereitwillig Auskunft zu ihrer Person und den nahen Angehörigen. Von der Stationsschwester lies sie sich sogar Papier und einen Stift geben. Danach sah die Stationsschwester einen Unbekannten aus dem Zimmer der Frau treten, sie nahm an, dass es sich um einen Polizeibeamten handeln würde. Am Morgen fanden wir die Patientin in diesem hilflosen Zustand vor."

„Darf ich die Stationsschwester zu dem Unbekannten befragen, der nachweislich kein Polizeibeamter war?"

„Ich werde sie rufen lassen, Herr Kommissar."

Wieder öffnet sich das Krankenzimmer und der Geistliche tritt heraus, vorher verbirgt er einen weißen Umschlag unter seiner Sutane.

Beim Weggehen ruft er den Chefarzt, „bitte kommen sie schnell, Herr Chefarzt, Frau von Maiberg benötigt ihre Hilfe."

Wenige Minuten später erscheint der Chefarzt wieder und gibt Albert von Maiberg stumm zu verstehen, dass das Unvermeidliche eingetreten ist.

„Wir kommen zu spät!", entfährt es Felicitas enttäuscht.

Kommissar Bachmann beobachtet, wie der Uhrzeiger im Polizeigebäude unerbitterlich voranschreitet, er spricht zu sich selbst, „nun sind es schon zwei ungeklärte Todesfälle in der Senioren – Residenz, die uns ein Rätsel aufgeben."

Ein stiller Lauscher lächelt in sich hinein, wenn du wüstest, von wegen nur zwei Tode!

Winkler tritt ein, „wollte der Mann zu ihnen?"

„Welcher Mann?"

„Der gerade an ihrer offenen Zimmertür stand, dann lächelnd mit dem Kopf schüttelte und wegging."

„Ein Mann, der sich lächelnd im Polizeigebäude bewegt, fällt schließlich auf."

„Wie sah der Mann aus, Winkler?"

„Mein Gott, wie der da auf dem Phantombild, das uns die Stationsschwester gegeben hat."

„Toll, sie Trottel und den haben wir laufen lassen."

„Von wegen, ich Trottel und haben –wir- laufen lassen. Er hätte auch mal seine Tür im Auge behalten können", ärgert sich Winkler laut.

„Sei es, wie es ist, wir werden von Angelika von Maiberg persönlich nichts mehr erfahren, also muss die Kriminaltechnik das Rätsel lösen."

„Ich habe mir den Bericht der Spurensicherung an der Unfallstelle durchgelesen. Es war kein normaler Unfall, ihr Wagen wurde von der Straße gedrängt", berichtet Winkler seinem Vorgesetzten versöhnlich.

„Damit wollen sie sagen, dass es vorsätzlich geschah, dann war der Besuch des Fremden im Krankenhaus auch kein Zufall? Weil Frau von Maiberg durch den Unfall nicht ums Leben kam, hat der Täter nachgeholfen und dann hat er auch noch die Unvermessenheit hier im Polizeigebäude aufzutauchen", kombiniert Bachmann.

„Ich glaube, der fühlt sich sehr sicher. Und ich nehme weiter an, dass zwischen der Toten in der Senioren – Residenz und der im Krankenhaus ein Zusammenhang besteht."

„Glauben, Annehmen, das ist kein Vokabular für einen Ermittlungsbeamten, Winkler. Die Zeit läuft uns davon und die Spuren verwischen. Nun aber endlich Fische bei de' Butter!"

„Dem Bericht der Gerichtsmedizin habe ich entnommen, dass auch die Sekretärin umgebracht worden ist."

„Herr Kommissar habe ich sie richtig verstanden, beide Frauen wurden umgebracht? Damit schließen sie aus, dass Frau von Maiberg mit dem Mord an der Sekretärin etwas zu tun hatte."

„Ja das schließe ich aus. Wir haben es mit einem skrupellosen Unbekannten zu tun. Wenn wir das Motiv kennen, finden wir auch den Mörder der zwei Frauen. Ja, verdammt noch mal und wir sind kein Stück weiter!"

Seit dem Albert von den geprellten Anlegern Zahlungsaufschub erhalten hat, bewegt er sich wieder etwas freier und unbeschwerter. Für diese zwei Morde kommt er nicht als Verdächtiger in das Visier der Staatsanwaltschaft, er hat hieb- und stichfeste Alibis. Die Aussicht schon bald Multimillionär zu sein, tut sein Übriges. Da stört es ihm auch nicht, nach seinem Bankrott kaum noch Bargeld in der Tasche zu haben. Nun sitzt er schon am frühen Morgen im Terrassencafé der Senioren – Residenz, nimmt mehrere Weinbrände zu sich, raucht pausenlos und blättert desinteressiert in der Tageszeitung. Er tut gelangweilt und geniest endlich sein Leben, hier kann er als Eigner jederzeit auf Kosten des Hauses dinieren. Albert von Maiberg tut neuerdings sehr leutselig, er studiert die Gesichter der wohlsituierten Residenzinsassen, die sich am Morgen schon einen Kaffee gönnen können. Zu den Bewohnern hin und von ihnen wieder weg wandern seine Gedanken, bis sie wieder bei den vielen Millionen seiner verstorbenen Frau hängenbleiben, die ihn zu sehr angenehmen Kombinationen veranlassen. Ihm überkommt eine plötzliche Lust zu verreisen, vielleicht nach Hawaii, nach Afrika zur Großwildjagd oder besser doch nach Thailand um seine Männlichkeit zu beweisen? Zwei Stunden träumt er so vor sich hin. Sein Personal ist längst bei der Arbeit, nur er tut nichts dergleichen. Wer will es ihm, dem trauernden Witwer schon verdenken. Alberts Stirn zieht sich auf einmal in Falten. Der Rechtsanwalt von Angelika lässt auch nichts von sich hören, er gibt weder mündlich noch schriftlich ein Zeichen, wenn er über den Inhalt des Nachlasses von Angelika von Maiberg zu informieren gedenkt. Albert unruhig, in seiner Eingebung steht ihm plötzlich das Wasser bis zum Halse. Um seine dringenden Lebensbedürfnisse zu befriedigen, hat er seinen Freund, dem Verlobten von Felicitas, Jürgen Schäfer um 5.000 € anpumpen müssen. Albert steht ruckartig auf, er muss gleich mit dem säumigen Rechtsanwalt telefonieren.

In der Rechtsanwaltskanzlei wird er nur mit dem Anrufbeantworter verbunden.

Von der Rechtsanwaltsgehilfin erfährt er später, dass der Herr Rechtsanwalt ihm am nächsten Tag in der Senioren – Residenz aufsuchen wird. Albert wirft sich für die Testamentseröffnung in Schale und bittet seine Schwester mit anwesend zu sein. Endlich wird der Anwalt vom Empfang avisiert, wenig später hält der Fahrstuhl im Penthaus. Der Anwalt macht beim Betreten des Empfangszimmers nicht den Eindruck, als wolle er einen bedeutsamen Akt vornehmen. Er trägt einen legeren, hellen Anzug mit Polohemd, ohne Krawatte und in der Hand hält er auch keinen Aktenkoffer. Albert fällt das als Erstes auf, er zieht die Stirn in Falten.

„Haben sie das Testament bei sich?", fragt er unverwandt.

Felicitas ist das Benehmen ihres Bruders peinlich.

„Wir sollten unserem Gast erst einmal einen Stuhl anbieten. Bitte Herr Dr. Wichmann nehmen sie Platz", fordert sie den Rechtsanwalt freundlich auf.

Dr. Wichmann, dem anzusehen ist, dass er lediglich auf einen Sprung zu bleiben gedenkt, wendet sich an Albert. „Sie haben um meinen Besuch gebeten, bitte was kann ich für sie tun?"

„Das Testament verlesen", ruft der Witwer außer sich. „Fangen sie endlich an", auf seiner Stirn glänzen bereits vor Aufregung kleine Schweißperlen. Er denkt an 40 Millionen, wenn diese so zum Greifen nahe sind, darf ein Mann wie er schon mal weiche Knie bekommen. Er soll sofort einen Dämpfer erhalten, der ihm von einer Sekunde zur anderen alle Hoffnung verlieren lässt. Dr. Wichmann überrascht ihn mit der Nachricht, von einem Testament keine Ahnung zu haben, hier müsse ein Irrtum vorliegen.

„Kein Testament?", stammelt Albert.

„Ja ich müsste das doch wissen", kratzt sich der Anwalt überlegend an seinem gepflegten Vollbart.

„Wieso? Ich bin der einzige Hinterbliebene von meiner geliebten Frau, ich verstehe das nicht."

Der Rechtsanwalt lächelt unverbindlich.

„Im Prinzip hat Frau Angelika von Maiberg an ihre in Not befindlichen Verbliebenen gedacht. Nur verhält sich die Sache ein wenig anders. Vor zirka sechs Jahren setzte sie, da hieß sie noch Angelika von Haldenberg, in meiner Kanzlei ein Testament auf, Zeuge war ihr Stiefbruder Roland von Haldenberg. Nachdem das Testament verfasst war, habe ich es notariell beglaubigt, in einen Umschlag getan und den selbigen versiegelt.

Danach blieb er in meinem Panzerschrank liegen. Albert kommt langsam zur Besinnung, also mein lieber Schwager, der Aufsichtsratsvorsitzende der Senioren – Residenz, hat mir wieder einen Streich gespielt", presst er wutentbrannt hervor.

Felicitas winkt ab. Sie weiß, das ist ein abgekartetes Spiel gegen ihre Familie, ohne Chance je wieder Fuß zu fassen. Angelika erbte 50 Millionen. Ohne die 10 Millionen, die Angelika aus ihrem Erbe der Residenz zur Verfügung gestellt hatte, dazugehörte auch ihr Studium der Medizin, wären sie und ihr Bruder nur verarmter Adlige gewesen. Plötzlich kommt sie sich schäbig gegenüber der ungeliebten Schwägerin vor.

Albert gibt sich noch nicht geschlagen, „spannen sie mich nicht so auf die Folter, was hat in dem Testament gestanden?"

„Ich bin nicht befugt darüber zu sprechen", erwidert der Rechtsanwalt reserviert.

„Was soll das heißen?"

„Ganz einfach, dass sie das Vermögen ihrer Frau, das diese vor der Ehe mit ihnen besessen hat, nicht erben werden sondern nur die rechtmäßigen Verwandten.   Darf ich mich nun verabschieden. Dr. Wichmann erhält keine Antwort, deshalb verlässt er, leicht den Kopf zu Felicitas neigend, den Salon der Maiberg.

Jo bittet Thomas Ritter telefonisch um eine kurze Unterredung. Wenig später trifft sie sich mit ihm in einem kleinen Restaurant.

„Ich muss ihnen eine wichtige Mitteilung überbringen, sehr geehrter Herr Ritter", mit diesen Worten legt sie ihm einen weißen Umschlag auf den Tisch, den sie am Morgen von einem Boten erhalten hat. Unschlüssig dreht Thomas den Umschlag um, und entziffert kopfschüttelnd die Adresse, „Pfarramt …"

Er sucht nach dem Taschenmesser in seiner Aktentasche, dann schlitzt er den Umschlag auf. Thomas lehnt sich auf seinem Stuhl zurück und beginnt zu lesen. Noch hat er nicht die leiseste Ahnung, dass etwas Aufregendes auf ihn zukommt. Er ist auf einmal nur neugierig zu erfahren, was das Pfarramt seiner Geburtsstadt von ihm will. Schon nach den ersten Zeilen wird der Mann blass, seine Augen blicken starr auf das Papier, im bleibt fast der Atem stehen.

Sehr geehrter Herr Ritter,

als Pfarrer habe ich im Laufe meiner Dienstzeit häufig Aufgaben übernehmen müssen, die mir zusätzlich auferlegt wurden. In diesen Momenten ist es auch für mich schwer die richtigen Worte, zu finden. So ergeht es mir heute mit diesem Brief an Sie. Bis vor sechs Jahren waren sie ein Glied meiner Gemeinde, dann mussten sie fort. Als Ihre damalige Verlobte, Angelika von Haldenberg, eine kleine Tochter zur Welt brachte, wusste nur ich, dass Sie der Vater sind. Ich habe ihr gut zugeredet, den wirklichen Vater anzugeben. Angelika hatte, durch die besonderen Umstände des Todes ihrer Mutter, Angst sich zu Ihnen zu bekennen. Ich weiß, dass sie in ihrem Innersten von Ihrer Unschuld überzeugt war, aber der Druck der Familie von Haldenberg war stärker. Angelika musste ihr Kind verheimlichen und es in ein Kinderheim geben. Ich möchte behaupten, dass Sie nie von der Existenz ihrer Tochter erfahren hätten, wenn nicht gegen Angelika ein Mordanschlag verübt worden wäre. Auf ihrem Sterbebett hat mich Angelika von Maiberg beauftragt, Sie über die Existenz Ihrer gemeinsamen Tochter, Susanne von Haldenberg zu informieren. Bitte kommen Sie in das Pfarramt, damit ich Ihnen helfen kann Ihre Tochter zu sehen.

Gottes Segen

Ihr Pfarrer Lehmann

Thomas hat jedes Gefühl für Zeit und Raum verloren. Noch hält er den Brief in der Hand und starrt wie gebannt auf die Zeilen. Tränen laufen aus seinen Augen. Er verspürt plötzlich ein nie gekanntes Glücksgefühl. War es kein Zufall, dass er vor ein paar Tagen die kleine Susi, das fast außerirdische Wesen am Straßenrand, sofort in sein Herz schloss.

„Ist das alles wirklich wahr, oder träume ich?", wendet er sich dankbar an Jo. Der er den Brief zum lesen gegeben hat. „Das ist kein Traum, Herr Ritter!"

„Jo, ich kenne Susi."

„Woher? Haben sie da schon gewusst, dass es ihre Tochter ist?"

„Gewusst nicht, ich habe es im Unterbewusstsein gefühlt. Ich fand ein kleines Mädchen am Straßenrand sitzend, es hatte sich verirrt, besser es war aus dem Kinderheim ausgebüxt. Ich habe es nach Hause gefahren, als wir uns verabschiedeten waren wir uns sehr vertraut."

Jo berichtet ihm, „ich wusste aus dem Interview mit Frau von Maiberg, dass sie eine sechsjährige Tochter hat, von deren Existenz keiner etwas wissen durfte. Dass sie der Vater sind, habe ich geahnt."

„Dann ist meine kleine Susi nun eine Halbwaise? Ich werde um das Sorgerecht kämpfen und das Kind so schnell wie möglich aus dem Kinderheim holen und zu mir nehmen, das schwöre ich ihnen, liebe Jo."

Dabei hebt er seine rechte Hand, um seinen Worten Nachdruck zu verleihen.

„Lieber Herr Ritter, das mit ihren Vorstrafen durchzusetzen, wird nicht so leicht werden. Lassen sie den Kopf nicht hängen. Sie sind nicht allein, neben der Kanzlei Dr. Wichmann und unserer Detektei, hilft ihnen auch noch Pfarrer Lehmann. Nun müssen wir alles daran setzen, um ihre Unschuld zu beweisen."

„Bitte helfen sie mir!" Seine traurigen Augen können das kälteste Herz erweichen. Den Mann hält nichts mehr auf seinem Stuhl, er kündigt sofort mit dem Handy dem Pfarrer sein Kommen an. Da sieht er erwartungsvoll auf Jo.

„Natürlich begleite ich sie", das wollten sie doch jetzt von mir wissen.

„Danke!" Thomas küsst Jo galant die Hand, danach hilft er ihr in die Jacke und schon stürmt er aus der Gaststätte seinem Auto zu. Jo lächelt und begleicht am Tresen die Rechnung für zwei Tassen Kaffee.

Nach einer zweistündigen Fahrt parkt Thomas seinen Wagen auf dem Kirchvorplatz, er hilft Jo aus dem Auto und schon stürmt er davon in Richtung Pfarrhaus. Beim Laufen wirft er einen dankbaren Blick zum Kirchenschiff, um den zu grüßen, der sein Schicksal in die Hände genommen hat. Das Pfarrhaus steht idyllisch unter großen Schatten spendenden Bäumen. Mit seinen üppigen blühenden Blumenschmuck wirkt es anheimelnd und einladend. Der Pfarrer ist bei der Arbeit. Er verschneidet gerade die außer Rand und Band geratene Rosenhecke. Der Geistliche trägt einen großen Sonnenhut, der sein freundliches Gesicht vor der hellen Mittagssonne schützt. Er wirkt mit seiner blauen Schürze, die er über die Sutane gezogen hat, eher wie ein Gärtner.

Nachdem der Pfarrer die Gäste herankommen sieht, legt er den Hut und die Schürze ab und ist wieder ein würdiger Vertreter der Kirche. Thomas kommt er mit geöffneten Armen entgegen. Herzlich greift er nach beiden Händen des verlorenen Sohnes.

„Schön, dass du wieder bei uns bist, lieber Thomas, oder muss ich Herr Ritter sagen?"

Thomas sang schon als Kind im Kirchenchor, seine Mutter war viele Jahre Haushälterin im Pfarrhaus und der Pfarrer war für ihn immer ein väterlicher Freund.

„Ich bin und bleibe für sie der Thomas, vielen Dank Herr Pfarrer, dass sie mich informiert haben."

Danach begrüßt der Geistliche auch Jo. Sie stellt sich ihm vor und erklärt ihre Funktion.

„So, so, sie wollen ein großes Unrecht, dass unserem Thomas widerfahren ist, aufklären. Er weiß selbst, ohne seine Rehabilitierung kann Thomas in unserem Staat nichts Rechtschaffenes mehr erreichen. Dazu kann ich ihnen nur viel Erfolg wünschen. Darf ich sie in meine Gartenlaube bitten, ich hole uns nur noch eine kleine Erfrischung."

Thomas ist erleichtert, hier draußen zwischen Blumen und schattigen Bäumen lässt es sich leichter reden, wie in einer mit Büchern überladenen Pfarrstube.

Jo und Thomas betrachten die bizarren Blüten, bis der Pfarrer mit der Erfrischung zurückkommt, danach setzen sich alle in die Gartenlaube.

„Was wissen sie über Angelika?", überwindet Thomas seinen Groll gegen die ehemalige Verlobte.

„Ich war in der letzten Stunde ihres Lebens bei ihr", berichtet der Pfarrer mit leiser Stimme, dabei liegt eine tiefe Traurigkeit über seinem faltigen Gesicht. Jo bemerkt, wie die Finger des Geistlichen auf dem Tisch vor Erregung zittern.

„Danke, Herr Pfarrer", bringt Thomas, die Tränen unterdrückend, mühevoll hervor.

„Manchmal empfinde ich mein Amt, sich dem göttlichen Willen zu beugen, sehr schwer. Angelika und Susanne wurden um das Glück ihrer Gemeinsamkeit betrogen. Nur heimlich hat die Mutter ihrem Kind, über Spenden an die jeweiligen Heime, helfen dürfen." Dann blickt der Pfarrer Jo an, „Angelika hat mir von dem Interview mit ihnen, liebe Frau Wendler, erzählt.

Sie wollte sich scheiden lassen und zu Susanne bekennen, doch das Schicksal machte ihr einen Strich durch die Rechnung."

„Das ist unmenschlich", stellt Jo fest. Innerlich ist sie glücklich, nur mit Worten etwas Gutes bewirkt zu haben.

Der Priester presst die Lippen aufeinander, als habe er Angst, etwas Unüberlegtes zu sagen. Was keiner ahnt, ein grausiges Beichtgeheimnis quält ihn seit Jahren.

„Ich habe bis vor ein paar Tagen nichts von dem Mädchen gewusst. Wie von einem inneren Zwang getrieben zog es mich vor ein paar Tagen hierher. Wenige Kilometer vor der Stadt begegnete ich am Straßenrand einem kleinen Engel. Später stellte sich heraus, dass dieser Engel aus dem Kinderheim ausgebüxt war. Nachdem ich das entzückende Mädchen im Kinderheim wieder abgeliefert hatte, erfuhr ich von der Leiterin den Namen. Dadurch wusste ich, dass Angelika ein Kind hat, ich meine hatte. Ich habe nachgerechnet und mir gewünscht, dass Susi meine Tochter ist. Dank ihres Briefes, lieber Herr Pfarrer habe ich Gewissheit, dass Susi wirklich meine Tochter ist.“

„Aus ihrer Erzählung entnehme ich, dass sie im Kinderheim als Retter bekannt sind?“

„Ja, die Leiterin hat mir sogar erlaubt, wenn ich wieder einmal in der Gegend bin, Susi zu besuchen.“

„Das ist gut, sehr gut!“

„Sie meinen Herr Pfarrer, dabei baute Herr Ritter bei dem Kind ein Vertrauensverhältnis auf, ohne vorerst Illusionen zu schüren? Hilft Jo dem Geistlichen.“

„Ja, solange Herr Ritter noch nicht rehabilitiert ist, wird er das Sorgerecht vom Jugendamt nicht erhalten." Der Pfarrer zuckt bedauernd mit den Schultern und denkt, warum kann ich das nicht beschleunigen. Ich weiß, das Thomas unschuldig ist.

Jo bemerkt, dass der Pfarrer in Gedanken abwesend ist. Sie ahnt, was in dem Geistlichen vorgeht, denn er ist zu nervös und entgegenkommend.

„Liebe Jo helfen sie mir meine Unschuld, zu beweisen. Als ich mich das erste Mal mit ihnen traf, ging es nur um mein Ego, der Ungerechtigkeit zu trotzen, nun geht es um Susanne", fleht Thomas die Detektivin an. Seine Augen glänzen verdächtig, er will seine Tränen vor ihr verbergen, was ihm nicht gelingen will. Jo reicht Thomas ein Tempotaschentuch.

„Bleiben sie stark, lieber Thomas, die Wahrheit wird ans Tageslicht kommen!" Traurigkeit und eine kleine Resignation liegt auf dem gutmütigen Gesicht des Pfarrers. Dann spricht er weiter, „wenn sie mein Hilfe brauchen, dann rufen sie bitte an. Ich werde für sie und Susanne beten."

Thomas schüttelt sich, steht auf und spricht mehr zu sich, „ich werde alles für meine kleine Susi tun."

Danach erhebt sich auch der Pfarrer schwerfällig.

„Gott mit ihnen, lieber Thomas!"

Zu Jo gerichtet sagt er, „es hat mich sehr gefreut, sie persönlich kennenzulernen, eine schöne Heimfahrt."

Thomas und Jo gehen schweigend nebeneinander zum Auto. Wie gern wäre der junge Vater zum Kinderheim gefahren und hätte seine Tochter in die Arme geschlossen.

Dafür war es noch zu früh, erst müssen die Wolken der Vergangenheit mit Jos Hilfe weggeschoben werden.

Hilde und Rudolf warten in der Empfangshalle auf Joachim Redlich. Die Frau hat es sich angewöhnt Rudolf mit dem Rollstuhl in die, von ihr am ersten Tag entdeckte Nische zu schieben, während sie einige Besorgungen in der Residenz macht. Ungewollt wird dabei Rudolf Zeuge eines Gesprächs zwischen Albert von Maiberg und dem Amtsarzt. „Johann, du musst mit deinen Einflüssen herausfinden, wer der Erbberechtigte von Angelikas Vermögen ist."

„Wie denkst du dir das, ich kann nicht hinter dem Rücken von Haldenberg herumschnüffeln", hört Rudolf die Verärgerung des Amtsarztes heraus.

„Gut, wenn du mir diesen Freundschaftsdienst nicht erweisen willst, werde ich ein paar klärende Worte bei deinen Dienstherren verlieren müssen."

„Du Schuft, auf Erpressung steht Haft", zischt der Amtsarzt.

„Und auf Meineid auch, also?"

„Du wirst von mir hören!"

Daraufhin läuft der Erpresste hochrot aus der Empfangshalle.

In diesem Moment betritt Hilde die Halle und läuft Schnurstracks an Albert von Maiberg vorbei in die Nische um Rudolf abzuholen. Albert von Maiberg dreht sich erschrocken zu Rudolf um. Dieser stellt sich schlafend. Hilde schiebt ihn behutsam zum Fahrstuhl. An der Rezeption wartet Redlich auf das Ehepaar. Rudolf raunt seiner Frau zu, „ich glaube, ich bin beim Lauschen ertappt worden."

Hilde überlegt nur wenige Sekunden, dann informiert sie Redlich beim vorbeilaufen. „Kommen sie nach, wir werden beobachtet!" Hilde wendet sich nicht um.

Sie weiß, dass Redlich ihnen über die Treppe folgen wird. Das Ehepaar fährt mit dem Fahrstuhl in den zweiten Stock. Die Frau schiebt den Rollstuhl den Gang entlang, steckt die Türkarte ein und öffnet das Appartement.

Da steht Redlich, noch keuchend vom Treppen steigen, bereits neben ihnen.

„Treten sie bitte näher, Herr Redlich!"

Hilde macht eine einladende Handbewegung, danach schiebt sie Rudolfs Rollstuhl an den Klubtisch und holt drei Gläser mit Sodawasser. Seine Anspannung überspielend sagt Rudolf, „hereinspaziert und sich umgesehen, so gut leben Senioren in der Residenz. Köstlich nicht wahr?"

Dabei wendet er sich zu Joachim, dieser versteht die zweideutigen Töne und meint seinerseits, „ein bisschen eng, hier!"

„Das nennt man seniorengerechte Lebensqualität", mischt sich nun auch Hilde in das Geplänkel mit ein.

„Alles hier ist gleich, jedes Zimmer, ich sage nur entsetzlich …", lässt sich Rudolf vernehmen.

„Nun zur Sache, was war vorhin in der Halle?", will Hilde endlich aufgeklärt werden.

Rudolf berichtet über das Gespräch der Residenzleitung.

„Du willst uns damit sagen, dass die zwei Herren schmutzige Wäsche gewaschen haben. Nimmst du an, dass der Maiberg mitbekommen hat, dass du dich nur schlafend gestellt hast?", ist Hilde besorgt.

„So schlau schätze ich ihn nicht ein."

„Das sehe ich anders. Bei dem Lärm in der Empfangshalle wird ihnen das wohl kaum einer abkaufen. Besser wäre, sie stellen sich zukünftig taub", stellt Redlich logisch fest.

„Mag sein, aber warum ich sie gebeten habe, nach ihrem Dienst zu uns zu kommen ist ein Wunsch, den ich erfüllt haben möchte", äußert Hilde.

„Jeden, den sie wollen, ich bin schließlich zu ihrem Schutz hier."

„Bitte fahren sie mich zu unserem Häuschen, ich benötige noch einige private Sachen.

Von da aus können wir Jo gleich eine Nachricht hinterlassen und sie darüber informieren, was Rudolf soeben in der Halle gehört hat."

„Können wir sie allein lassen?", fragt Joachim besorgt auf Rudolf blickend.

„Na hört mal, ich bin kein Baby mehr. In einer halben Stunde muss ich zur Behandlung. Fahrt schön vorsichtig, bis dann!"

Vor der Tiefgarage erwartet Hilde ihren jungen Beschützer. Besorgt lässt sie ihre Blicke zur Fassade der Senioren – Residenz gleiten. Am Fenster entdeckt sie Rudolf, der ihr ermutigend zuwinkt. Redlich kommt langsam herangefahren, steigt aus, nimmt Hilde die Reisetasche aus der Hand und legt diese in den Kofferraum. Hilde betrachtet interessiert den etwas ramponierten Wagen.

„Ist das ihr Auto?"

„Ja, warum fragen sie?"

„Au fein, dann rücken sie mal auf den Beifahrersitz, ich habe Lust wieder einmal Auto zu fahren."

Redlich befolgt die Anweisung und übergibt brav der älteren Dame seinen Autoschlüssel. Hinterher überlegt er sich seine automatische Handlungsweise. Noch nie hat er einer anderen Person erlaubt sein Auto zu fahren. Der Jüngere sieht das Glitzern in den Augen der Frau und denkt. Die Alte ist total verrückt!

Diese sieht den jungen Mann prüfend an, weiß sie ganz genau, was er denkt, so setzt sie noch einen darauf.

„Herr Redlich, sie müssen sich schon anschnallen, sonst kann ich sie nicht mitnehmen."

Schon hat sie den Fuß auf dem Gaspedal, mit aufheulendem Motor und quietschenden Reifen kommen sie sehr schnell in Fahrt. In einem noch erlaubten Tempo prescht sie die Straße entlang und ist schon in wenigen Minuten an dem kleinen Häuschen am Waldrand. Hilde fühlt sich wie in einem Rausch, der Junge neben ihr gefällt ihr immer mehr. Die Frau fühlt, dass sie Redlich in dieser Situation total überfordert hat, insbesondere mit ihren unübertrefflichen Fahrkünsten.

Gemeinsam betreten sie das vereinsamte Haus. Hilde beginnt zu lästern, „ich liebe Häuser mit Staub in der Ecke, zusammengerollten Teppichen und vor Dreck stehenden Gardinen. In dieser Atmosphäre wird man gleich angeregt etwas zu tun."

„Um Gottes willen fangen sie bloß nicht an aufzuräumen, so viel Zeit haben wir nicht", reagiert Redlich Schlimmes ahnend.

Hilde lächelt und stellt lakonisch fest, „das Heimweh, lieber junger Freund, hat so geschmerzt, dass ich es kaum ertragen konnte."

„Na, so schlimm kann das nach vier Tagen noch nicht sein, oder nehmen sie mich schon wieder auf die Schippe, meine Liebe?"

„Finden sie ihre Ausdrucksweise nicht etwas kess? Einer Dame gegenüber, die ihre Großmutter sein könnte?", gibt sie sich theatralisch.

„Sie verscheißern mich doch ununterbrochen. Aber wenn sie das so sehen, könnte ich mir sie als meine Großmutter gut vorstellen", pariert Redlich lachend.

„Ich gebe zu, dass es mir mit ihnen sogar ein bisschen Spaß macht", gibt Hilde zu und lacht.

Sie platziert Redlich in der Veranda und serviert ihm Kaffee. Während er die Natur genießt, sucht Frau Specht die benötigten Sachen zusammen. Etwa eine Stunde später können sie wieder die Rückfahrt antreten.

Joachim sieht Hilde lauernd von der Seite an, diesmal verlangt sie keinen Autoschlüssel, so verfrachtet er sie auf den Nebensitz und hilft ihr beim Anschnallen.

„Bravo", sagt Hilde lächelnd.

Er sieht sie fragend an.

„Da ist wohl gerade ein großer Stein vom Herzen geplumpst?"

Redlich knurrt ein paar unverständliche Worte, dann steckt er den Zündschlüssel ein und startet den Motor, mustergültig fährt der Wagen an. Auf einmal wird der junge Mann unruhig und erhöht das Tempo des Wagens.

„Was ist mit ihnen auf einmal los?", fragt Hilde besorgt.

„Ich habe plötzlich ein ungutes Gefühl, wir müssen so schnell wie möglich zur Residenz zurück!"

Die sportlich gekleidete Frau begibt sich zur Rezeption. „Ich möchte zu der Familie Specht."

Die Empfangsdame wiederholt.

„Specht? Einen Moment bitte."

Sie bearbeitet die Tastatur ihres Personalcomputers.

„Sie meinen wirklich Specht?"

„Ja, ich suche das Ehepaar Specht."

„Ich kann beim besten Willen keinen Eintrag über ein Ehepaar Specht im Computer finden."

Jo wird ungehalten. „Ich weiß, dass das Ehepaar Specht vor einigen Tagen hier eingezogen ist."

„Dann wurden die Computerdaten noch nicht aktualisiert. Warten sie, ich werde nachfragen."

Kurz darauf nickt die Empfangsdame nach einem Telefonat. „Da gibt es allerdings einen Herrn Rudolf Specht. Ist das der Richtige?"

„Danke den meine ich und wo finde ich diesen?"

Sie fahren mit dem Fahrstuhl in die zweite Etage und dann gleich rechts, Zimmer 2030."

Jo zieht das Treppensteigen vor. Sie hat die erste Etage bereits passiert, da wird in der zweiten Etage eine Tür sehr lebhaft geöffnet. Eine Person im weißen Kittel huscht fast geräuschlos in das obere Geschoss und verschwindet im Penthaus. Jo aufmerksam geworden von der Katzenhaftigkeit bleibt stehen, beugt sich vorsichtig über das Treppengeländer und kann nur noch einen wertvollen Ring an einer zierlichen Hand sehen. Sie fühlt sich töricht, inzwischen hat sie die noch geöffnete Flurtür der zweiten Etage erreicht. Schon steht sie in einem engen menschenleeren Gang. In diesem

Moment vernimmt die Detektivin ein Geräusch. Rechter Hand ist der Fahrstuhl, auf der linken Seite befindet sich ein Abstellraum und neben dem Fahrstuhl findet sie die offen stehende Tür 2030.

Jetzt kann sie ein das Geräusch deuten. Es ist ein Röcheln, als wenn ein Mensch am Ersticken ist. Jo tritt näher an den Raum, nun vernimmt sie auch noch ein leises Wimmern. Sie stürzt in den Raum, am Fenster steht ein Rollstuhl, auf dem Bett liegt angezogen ein älterer Mann.

„Mein Gott, Onkel Rudolf", stößt Jo entsetzt aus. Rudolfs Gesicht ist krebsrot, er ringt um Luft. Mit einem Satz ist sie bei ihm.

„Hilf mir Jo, bitte gib mir etwas Wasser."

Die Nichte stürzt ins Bad, füllt ein Glas mit Wasser und gibt es Rudolf zu trinken. Rudolf fällt erschöpft in die Kissen und wird ohnmächtig. Die Frau greift zum Handy und ruft den Notarzt über die 112 an.

„Hören sie lieber Winkler, was ich da Schönes auf dem Minitonband der Sekretärin gefunden habe. Darauf unterhalten sich eine Frau und zwei Männer über den Leibrentenvertrag einer gewissen Frau Marga Ritter. Kommissar Bachmann betätigt die Starttaste, um weiter zu zuhören. Eine Frau mit dominanter Stimme fordert laut und heftig, „ich verlange, dass er jeden Pfennig seiner blöden Einhundertfünfzigtausend Euro zurück bekommt, hast du mich verstanden Roland?"

Der so Angesprochene antwortet, "wie kommst du auf diese Summe, meine Liebe?

Wir hatten schließlich Ausgaben für deine Fastschwiegermutter."

„Ich verlange nur, dass er sein Geld zurückbekommt, bis auf den letzten Pfennig. Ich spiele euer schändliches Spiel nicht mehr mit."

Ein zweiter Mann mischt sich in das Gespräch ein. „Liebe Frau Angelika!"

„Ich bin nicht ihre liebe Frau Angelika, diesen Ton verbiete ich mir, sie Amtsschleimer!"

Dann knackt es, das Wiedergabegerät schweigt.

„Schade, die Auseinandersetzung war so interessant", bedauert Winkler.

„Und aufschlussreich, vermutlich ist dass der Grund, warum die Sekretärin sterben musste."

„Nun müssen wir nur noch ermitteln, wer waren die drei Personen und wer soll das Geld erhalten. Ich finde von der Sekretärin war es sehr unvorsichtig, die Gespräche mitzuschneiden."

„Was können wir Brauchbares aus der Bandaufnahme für unsere Arbeit herausnehmen?", überlegt Bachmann.

Er nimmt einen Stift und schreibt einige Stichworte auf, Winkler beugt sich über den Schreibtisch und liest die Aktennotiz laut vor.

„Leibrentenvertrag von Frau Marga Ritter,

Fastschwiegermutter von Angelika von Maiberg,

Rückzahlung von einhundertfünfzigtausend Euro

an Unbekannt und wer ist der Amtsschleimer?"

„Was halten sie davon, Winkler?"

„Ich vermute als Erstes, dass einer herausbekommen hat, dass die Sekretärin alle bespitzelte und sie deshalb umgebracht wurde. Ich glaube sogar, dass es eine der drei Personen war, die auf dem Band zu Worte kamen."

„Gut, darin teile ich ihre Meinung. Wir brauchen dringend die Fingerabdrücke der Männer."

„Dieser Roland kann doch nur der Aufsichtsratsvorsitzende, Roland von Haldenberg sein."

„Richtig, er ist mit der Frau vertraut, die das Spiel beenden will, ich glaube, das war Frau Angelika von Maiberg."

„Wer war dann der Dritte, dem Angelika von Maiberg offen ihre Verachtung entgegenbrachte?"

„Diese Person müssen wir noch ermitteln. Sagen sie mal lieber Winkler, hieß die Maiberg nicht früher auch Haldenberg und gab es da nicht vor zirka sechs Jahren einen Mordfall, wo der Name Ritter eine Rolle spielte?

Bitte schauen sie doch mal in den Archiven nach, ich glaube, das ist der Schlüssel unseres Falles."

Da schrillt das Telefon. Winkler hebt den Hörer ab.

„Ja, der ist hier", er reicht den Hörer weiter. „Eine Jo will dringend den Kommissar Bachmann sprechen."

„Danke, wenn Jo etwas will, dann brennt es meistens schon." Er greift zum Hörer.

„Jo, was ist mit Rudolf, ich komme!"

Er springt sofort auf. Zu seinen Kollegen gewandt ruft er, „bitte kommen sie sofort mit in die Senioren – Residenz!"

Joachim Redlich fährt die Zufahrt zur Residenz hinauf, ein Krankenwagen mit Blaulicht versperrt den Eingang.

„Da stehen Jo, Kommissar Bachmann und der Rollstuhl von Rudolf. Um Gottes willen, kommen wir zu spät?"

„Also war mein flaues Gefühl in der Magengegend doch keine Einbildung!"

Joachim bremst das Auto ab, springt heraus und hilft Hilde beim Aussteigen, dann eilen die Zwei zu Jo.

„Gut, dass ihr kommt!", ruft Jo erleichtert.

„Was ist mit Rudolf?", will Hilde wissen.

„Er hatte einen Asthmaanfall, meint das Fräulein Doktor. Ich habe veranlasst, dass er sofort zur Beobachtung in die Stadtklinik gebracht wird. Wir begleiten den Krankenwagen, um im Krankenhaus Genaueres zu erfahren. Und sie lieber Joachim halten hier weiter die Stellung."

„Hallo liebes Bachmännchen, was macht die Mordkommission hier?", wird Hilde plötzlich unsicher.

„Ich schaue mich in eurem Appartement etwas um, mein Kollege ist bereits oben. Dir liebe Hilde rate ich sofort in dein gemütliches Häuschen zu gehen, hier kann ich nicht mehr für eure Sicherheit garantieren."

Hilde nickt, sie hat die Anspielung verstanden und äußert sofort ihre Gedanken.

„Also ist Rudolfs Tarnung und Lauschattake aufgefallen. Er war wieder einmal zur falschen Zeit, in der richtigen Halle!"

Jo und Joachim nicken.

„Meine Lieben könnt ihr mich später darüber genauer aufklären?", bittet Kommissar Bachmann.

„Ich bringe Tante Hilde erst einmal zu Onkel Rudolf ins Krankenhaus, dann melde ich mich per Telefon. Ist das in Ordnung?"

„Völlig, passt gut auf euch auf!"

Bachmann reicht den zwei Frauen die Hand.

Inzwischen ist der Krankenwagen mit Rudolf abgefahren. Die junge Ärztin wirft einen Blick aus ihrem Ordinationsfenster auf die kleine Gruppe, die sich angeregt unterhalten hat und nun auseinandergeht. Der Stationsschwester gibt sie den Auftrag den neuen Cheffahrer herbeizuholen. Sie deutet der Schwester an, dass Herr Redlich am Eingang zu finden ist.

„Herr Redlich, bitte kommen sie umgehend zu Frau Doktor von Maiberg."

Joachim verabschiedet sich etwas zögerlich von Jo und Frau Specht.

„Es tut mir leid, ich muss zu meiner Brotherrin."

„Keine Sorge, Tante Hilde ist bei mir in Sicherheit", ruft ihm Jo beruhigend zu.

Fräulein Doktor wartet schon ungehalten auf ihren Fahrer, dessen Arbeitszeit seit Stunden beendet ist. „Was gab es da unten so Interessantes zu bereden?"

„Ich habe mich nach dem Befinden von Herrn Specht erkundigt, dem ich heute Morgen die Medizin aus der Apotheke gebracht habe."

„Ach so, und wie ist das Befinden?“

„Ich weiß nicht, die Herrschaften hatten andere Probleme glaube ich.“

Die Frau atmet befreit auf.

„Wir müssen morgen über Land fahren. Bitte packen sie sich Kleidung für mehrere Tage ein. Familie haben sie keine, laut ihrer Personalakte?“

„Ja, das geht schon in Ordnung.“

Also dann, morgen früh 7.00 Uhr in der Tiefgarage.“

Bei Thomas Ritter klingelt es an der Wohnungstür.   Vor der Tür steht ein Fremder. Thomas erfasst die gedrungene Gestalt des Mannes. Er wird weit über vierzig sein, trägt einen vornehmen Anzug und ein teures Rasierwasser kommt dem Wohnungseigner entgegen. Das fahle Gesicht, vor allem die unruhigen Augen, stoßen Thomas sofort ab.

„Was wollen sie?“, seine Stimme klingt kühl und distanziert.

„Ich will sie nicht lange aufhalten.“

Thomas spürt, dass der Fremde sehr nervös ist und es sich um etwas Wichtiges handeln muss.

„Kommen sie herein.“

Thomas geleitet den Fremden in das Wohnzimmer und bietet ihm Platz an. Dabei schaut er auf seine Armbanduhr. In einer Stunde muss er bei Dr. Wichmann sein, deshalb weist er den Fremden darauf hin, „ich hoffe, sie haben Verständnis, dass meine Zeit begrenzt ist."

„Ich denke, sie werden mich nicht so schnell wieder hinauswerfen, aber das steht in ihrem Ermessen, sehr geehrter Herr Ritter."

Der Fremde spricht in einen sehr anmaßenden Ton, den Thomas stutzig macht. Er betrachtet den Mann abwartend. Dieser hüstelt nervös, ohne auch nur einen Gedanken daran zu verlieren, sich vorzustellen.

„Nun sagen sie schon, was sie von mir wollen."

„Verzichten sie auf das Erbe!"

„Bitte was soll ich? Auf welches Erbe?"

„Das von Angelika."

„Welche Angelika?"

„Ihre ehemalige Verlobte und die Mutter ihres gemeinsamen Kindes, natürlich."

„Wer sind sie?"

Thomas stellt sich vor den Fremden und wirkt nicht mehr sehr freundlich.

„Ach so etwas, kennen sie mich wirklich nicht? Ich bin, besser ich war Angelikas Ehemann."

Wie ein Blitz durchzucken Thomas diese Worte. Der Fremde benutzt die Überraschung und spricht weiter.

„Ich kann ihnen als Gegenleistung den wahren Mörder ihrer Fastschwiegermutter auf dem Silbertablett servieren."

Thomas spürt, wie alles Blut zu seinem Herzen fließt. Damit ist er sofort rehabilitiert, kann Susi aus dem Kinderheim holen und zu sich nehmen. Noch eben war er depressiv. Von einem Augenblick zum anderen hat sein Leben wieder einen Sinn und er kann Dr. Wichmann endlich einen Zeugen für seine Unschuld präsentieren. Thomas versagt die Stimme, seine Zunge ist schwer und der Mund wie ausgetrocknet. Das Schweigen macht den Fremden nervös. Unruhig rutscht dieser auf dem Stuhl hin und her, auf der Stirn bilden sich Schweißperlen und sein fahles Gesicht hat sich hochrot gefärbt.

„Ich will mit offenen Karten spielen", erklärt der Besucher kurzatmig. Er muss eine Pause vor dem Weitersprechen machen.

„Sie erhalten zusätzlich die 100.000 € des Leibrentenvertrages ihrer verstorbenen Mutter zurück und verzichten auf das Erbe meiner verstorbenen Frau. Bitte unterzeichnen sie den Verzicht, dann erhalten sie von mir das Schuldeingeständnis des Mörders, sogar schriftlich.

Das können sie der Staatsanwaltschaft übergeben, dann wird ihr Fall wieder aufgerollt und sie erhalten zusätzlich eine Haftentschädigung. Was sagen sie nun?"

Daraufhin zieht der Fremde zwei Schriftstücke aus der Jackentasche. Er hält Thomas einen silbernen Drehstift erwartungsvoll hin. Thomas wendet sich angewidert ab und schaut auf die Straße. Da sieht er den Wagen von Jo vorfahren, die Detektivin steigt aus und begibt sich ins Haus. Thomas dreht sich wieder um und schleudert dem ungebetenen Gast seine Meinung entgegen, „sie wissen, wie unser Staat Erpressung bestraft!"

Der Fremde lacht dreist.

„Wenn sie nicht vernünftig werden gehen wir beide vor die Hunde. Zeigen sie mich ruhig an, dann werden sie nie rehabilitiert, wer glaubt schon einem Mörder!"

Thomas lenkt ein, er weiß, dass es an der Tür bald läuten wird.

„Wer gibt mir die Garantie, dass ihre Aussage wahr ist und das Schriftstück nicht gefälscht?"

„Ich gebe ihnen die Garantie als Ehrenmann, dass sie in Zukunft unbehelligt leben können."

In diesem Moment klingelt es an der Wohnungstür. Jo ist gekommen, um ihn zur Beratung bei Dr. Wichmann abzuholen.

Thomas bittet sie herein und spielt den charmanten Gastgeber.

„Darf ich vorstellen, der Mann von Angelika hat mir ein Angebot gemacht. Schon reißt er dem verdutzten Fremden die zwei Schreiben aus der Hand und übergibt sie Jo. Der Fremde versucht die Schreiben wieder zu erlangen. Thomas stellt sich zwischen ihn und Jo. Dann packt er zu. Er hat diesen Griff in der Haftanstalt gelernt und transportiert den ungebetenen Gast aus der Wohnung. Wie ein nasser Sack lässt sich der Fremde hinausbefördern. Kurz darauf hören die Zurückgebliebenen einen schweren Wagen davonbrausen.

An diesem Tag ging es in der Senioren – Residenz wie in einem Bienenschlag zu. Aufgeregt diskutierend stehen die Insassen und das Pflegepersonal herum. Polizeibeamte kommen und gehen. Bereits am Vortag herrschte schon rege Aufregung, als ein Patient mit lebensbedrohlichen Symptomen abgeholt wurde und heute das mit Herrn von Maiberg. Oberschwester Christine weiß nicht, wie sie dem Fräulein Doktor diese furchtbare Nachricht überbringen soll.

Wo ist die Schwester des Verstorbenen? Danach vom Kommissar Bachmann gefragt kann Christine keine Auskunft geben.

„Das Fräulein Doktor ist heute Morgen zu einem Ärztekongress gefahren. Wohin, ich weiß es nicht?", stellt sie auf einmal fest.

„Das arme Fräulein Doktor, in so kurzer Zeit hat sie zwei liebe Menschen verloren", jammert eine ältere Dame, die Patientin von der jungen Ärztin ist.

„Das wird sie nicht so leicht überwinden, sie liebte ihren Bruder abgöttisch", bestätigt Schwester Christine.

Neugierig fragt sie die alte Dame, "glauben sie, dass Herr von Maiberg sich das Leben mit Absicht genommen hat oder ob es eher ein Versehen war?"

„Beides ist möglich. Ich sprach mit dem Chef gestern Abend kurz die Termine für heute ab. Er wirkte sehr abgespannt, nervös und unglücklich. Vielleicht hat er sich bei seinen Tabletten vergriffen oder um Schlaf zu finden zu viel Tabletten in ein Glas getan."

Es kann doch auch sein, dass ihn die Last der Verantwortung für die Residenz erdrückt hat. Ich meine, dass er mit seiner geliebten Frau im Tode vereint sein wollte", drückt die alte Dame auf die Tränendrüsen.

Die Oberschwester seufzt, „was nähme ich auf mich, wenn mir der Weg zu dem Fräulein Doktor erspart bliebe, um ihr die traurige Nachricht zu unterbreiten."

„Lassen sie mal, meine Teure. Die Polizei, dein Freund und Helfer, wird diese schwere Aufgabe übernehmen", besänftigt sie Kommissar Bachmann. Er hat sich schon einige Schritte von den zwei Damen entfernt. Dann denkt er nach und kehrt wieder zurück.

„Was ich sie noch fragen wollte, liebe Oberschwester, wer leitet bei Abwesenheit von Frau Doktor Felicitas von Maiberg die Senioren – Residenz?"

„Eine gute Frage. Ich nehme an der Vorstandsvorsitzende, Herr Roland von Haldenberg."

„So, so, also Roland von Haldenberg, Danke Oberschwester Christine."

„Herr von Haldenberg, das ist ja prima, dass sie so schnell gekommen sind", schmeichelt Kommissar Bachmann.

„Ich betrachte es als meine Bürgerpflicht der Staatsmacht zu helfen."

„Gut, was halten sie von dem Selbstmord ihres Schwagers?"

„Das war vorauszusehen, glauben sie mir das, Herr Kommissar."

„Warum? Ach haben sie etwas dagegen, dass ich ihre Aussage aufzeichne?"

Schon drückt Bachmann auf die Aufnahmetaste des Tonbandes. Sein Kollege beobachtet die Mimik des Besuchers durch die Spiegelglasscheibe. Er kann sich täuschen, aber diesen Mann hat er schon irgendwo gesehen.

„Kein Problem", bestätigt von Haldenberg den Tonbandmitschnitt. „Ich habe im Tresor des Penthauses einige Leibrentenverträge sichergestellt, die hinter meinem Rücken mit Insassen abgeschlossen worden. Stellen sie sich vor, Herr Kommissar, all diese allein stehenden Damen, sind kurz nachdem sie einen Leibrentenvertrag abgeschlossen haben, verstorben."

„Das ist sehr interessant und sie haben davon nichts gewusst?"

Bachmanns Augen werden zu schmalen Schlitzen.

„Wo denken sie hin, ich hätte diese Praktiken sofort unterbunden und zur Anzeige gebracht. Wo bleibt unsere Glaubwürdigkeit, wenn wir uns mit dem Geld der Senioren bereichern würden."

„Wer war der Bezugsberechtigte des Leibrentenvertrages im Todesfall der Versicherten?"

„Das ist das Eigenartige, eine Tochterunternehmen der Senioren - Residenz, die einzig und allein von Albert geleitet wurde."

„Wie viel hat Herr von Maiberg an Gewinn gemacht?

„Gar keinen, er hat das ganze Geld verspekuliert. Ich nehme stark an, dass er deshalb den Freitod gewählt hat.“

Bachmann schaltet das Tonbandgerät aus und erhebt sich. „Mein Mitarbeiter wird sie jetzt in die Residenz begleiten. Bitte übergeben sie ihm alle Leibrentenverträge. Und noch etwas, ich werde die Oberfinanzdirektion bitten, eine Prüfung zu veranlassen.“

„Tun sie das, auf Wiedersehen.“

Der Besucher steht viel zu schnell auf und flüchtet förmlich aus dem Polizeigebäude. Unterkommissar Winkler hat große Schwierigkeiten ihm zu folgen.

Kommissar Bachmann kehrt an seinen Arbeitsplatz zurück, nachdem sich die Tür hinter dem intriganten Aufschneider geschlossen hat. Er greift als Erstes zum Telefonhörer und veranlasst die Fandung nach Felicitas von Maiberg, mit dem Ziel unbekannt.

Dann öffnet er den PC und gibt in der Suchmaschine „Senioren – Residenz / Vorstandsmitglieder“ ein. Bachmann schreibt die Namen auf. Hinter zwei Namen macht er ein Kreuz.

Dabei fällt ihm auf, dass er zwei Mitglieder noch nicht befragt hat; Dr. Johann Friedrichs, seines

Zeichens Amtsarzt und Jürgen Schäfer, der nach seinen neuen Erkenntnissen der Verlobte von Felicitas von Maiberg ist.

Wie frisch gewaschen sieht die Chaussee aus. Den Asphalt hat bereits die Sonne getrocknet. Es ist kurz nach 13.00 Uhr, keine Wolke am Himmel, ein wunderschöner Tag, der Hochzeitstag von Felicitas und Jürgen Schäfer.

Auf dem Beifahrersitz liegt ein Aktenkoffer, diesen soll der Cheffahrer als Hochzeitsgeschenk des Amtsarztes in einen Waldgasthof bringen, wo die Hochzeitsfeier stattfindet. Joachim fährt an den Straßenrand und überlegt, darf er den Aktenkoffer öffnen? Zwei Motorräder knattern vorbei, die Soziusfahrer haben Angeln geschultert. Joachim seufzt. Die da können über ihr freies Wochenende verfügen und er muss sich als Cheffahrer immer zur Verfügung halten, 150 km war er inzwischen von der Senioren – Residenz entfernt. Erst am Morgen nach der Abfahrt wurde er in die Heiratspläne des Fräulein Doktor eingeweiht. Durch das Senken ihrer senioren Stimme hat sie ihm gegenüber Vertraulichkeit erzeugen wollen.

Joachim hält vor dem Waldgasthof, steigt aus, geht um den Wagen herum, öffnet die Beifahrertür und greift zum Aktenkoffer.

Unwillkürlich blickt er wieder auf seine Armbanduhr, es ist Viertel vor zwei. Eine Stunde zu früh gesteht er sich ein. Joachim tritt an die Tür, der eiserne Klopfer lärmt. In der Ferne läuten Glocken, im Haus regt sich nichts.

„Hallo Fräulein Doktor, sind sie hier?", ruft Joachim. Unsicher streckt er die Hand nach der Türklinke aus und drückt sie nieder. Die Tür ist nicht abgeschlossen, sie öffnet sich knarrend. Jetzt bekommt der junge Mann ein ungutes Gefühl. Dunkelheit umgibt ihn, er kann trotz geschlossener Läden die Umrisse der Fenster erkennen. Joachim findet neben der Tür einen Lichtschalter. In der Mitte des Raumes steht eine festlich geschmückte Tafel. Er setzt sich auf einen Barhocker an der Theke und stellt den Aktenkoffer neben sich. Wieder gleiten seine Blicke über den Koffer.

Vor dem Gasthof wird es laut, Autos bremsen, Türen schlagen und danach betritt eine lustige Gesellschaft den Gastraum. Die Wirtin öffnet als erstes die Fensterläden, alles sieht auf einmal freundlich und einladend aus. Die Ärztin hat Redlich am Morgen versprochen ein weiteres Mitglied des Vorstandes vorzustellen. Da steht sie in ihrem weißen Brautkleid und neben ihr vermutlich der Angetraute, der trotz seines kahlen Kopfes jugendlich und forsch aussieht.

Mit wenigen Schritten ist das Brautpaar bei Redlich. „Darf ich ihnen meinen Mann vorstellen, Herrn Jürgen Schäfer. Liebling, das ist der neue Cheffahrer der Senioren – Residenz, Joachim Redlich."

„Und das sind sicher die Adoptionsunterlagen!" Ist das Einzige, was der Glatzkopf zu sagen hat, dabei deutet er auf den Koffer.

Felicitas bittet Joachim mit einer Handbewegung, er möge den Koffer öffnen. Sie setzt sich daraufhin auf einen Barhocker und nimmt eine Akte heraus. Joachim entziffert, „Adoptionsunterlagen für das Kinderheim".

Felicitas spricht ihren Fahrer an, „für sie, lieber Redlich, gibt es hier nichts mehr zu tun."

Da meldet sich ihr Mann wieder, "richtig, sie stehen nur im Weg, deshalb schlage ich vor, dass sie nun das Feld räumen."

Joachim verbeugt sich und denkt ironisch, den Tag muss ich mir im Kalender ankreuzen, denn seine Chefin gibt ihm so ohne weiteres frei. Sie hält ihn zurück, „wir treffen uns morgen früh in der Hotelhalle. Sie fahren uns dann noch ins Kinderheim, dort werden wir unsere Tochter abholen, dann geht es zum Flughafen in die Flitterwochen und sie können hinterher nach Hause fahren. Noch Fragen?"

„Nein, Fräulein von Maiberg. Entschuldigung ich meine Frau Schäfer."

Eine Pause entsteht. Felicitas legt ihre Stirn in Falten, jetzt erst begreift sie, dass sie mit dem Namen auch ihren Adelstitel abgelegt hat.

„Ist schon gut, aus Fehlern lernt man. Bis morgen Herr Redlich."

Wie hellhörig der junge Mann bei der Angelegenheit geworden ist, kann er sehr gut verbergen. Joachim ist froh sich von der Feier entfernen zu können. Niemand versucht ihn zu halten. Er denkt an die vielen Zufälle, in die er mit involviert ist. Wenn die Reichen haben was sie wollen, entscheiden sie, der Mohr hat seine Schuldigkeit getan, der Mohr kann gehen. Nach reiflicher Überlegung greift Joachim nach seiner Rückkehr von der Hochzeitsfeier im Hotel zum Telefon, um sich in der Detektei zu melden. Er kann beim besten Willen niemanden erreichen. Gegen 11.00 Uhr an dem darauf folgenden Tag hält die schwarze Limousine vor dem Kinderheim. Joachim wartet im Auto. Bereits nach wenigen Minuten tritt Frau Schäfer mit einem kleinen Mädchen an der Hand wieder aus der Tür.

Ihr folgen der Gatte mit einem kleinen Köfferchen und eine Mitarbeiterin des Kinderheimes. Die Dame verabschiedet sich höflich von dem adoptionswilligen Paar und reserviert von dem Mädchen.

„Ich kann dir nur auf den Weg mitgeben, folge deinen neuen Eltern, dass mir keine Klagen kommen, sonst musst du wieder zurück in unser Kinderheim. Hast du verstanden?"

Das Kind nickt. Joachim blickt in die schönen, sehr traurigen Augen des lieblichen Mädchens, das ängstlich eine Puppe an sich schmiegt. Ihm tut das Kind leid.

„Nun fahren sie uns umgehend zum Flughafen, wir haben hier schon zu viel Zeit vertrödelt", fordert Felicitas ihn auf. Am Flughafen verfrachtet Joachim alle Koffer auf einen Gepäckwagen und fährt diesen zur Abfertigung. Er kann beim Weggehen noch einen Blick auf die Kofferanhänger werfen, Palma de Mallorca. Und schon ist die Kleinfamilie in der Abflughalle verschwunden. Joachim begibt sich zum Fenster, um den Abflug der Maschine zu verfolgen. Traurig, an das kleine Wesen denkend, sucht er auf dem Parkplatz sein Auto und fährt nach Hause.

Felicitas steht am Counter der kleinen Pension in Porto und sieht den Portier ungläubig an, „und sie haben wirklich noch immer keine Nachricht für mich, Miguel?"

„Nein leider, Frau Schäfer", dieser breitet die Hände aus und lächelt bedauernd. Nach einer

Weile fragt er interessiert; „ist es eine wichtige Nachricht, dass sie so beunruhigt sind?"

„Ich bin über die Nachlässigkeit eher enttäuscht, bevor ich nichts von meinem Bruder gehört habe, kann ich mich nicht auf den Urlaub konzentrieren."

„Machen sie sich deswegen keine Sorgen. In der Vorsaison haben wir kurzfristig Zimmer frei."

Die Frau nickt, wenigstens ein Trost denkt sie und begibt sich in den Frühstücksraum. In dem Raum ist es zu der späten Morgenstunde menschenleer. Jürgen sitzt am Tisch, die Arme auf die Knie gestützt, starrt er ihr entgegen.

Nachdem er erkennt, dass Felicitas ohne Ergebnis zurückkommt, streckt er nur automatisch seine Hand nach dem Bierglas auf dem Tisch aus. Er greift zur Zeitung und will lesen, da klingelt sein Handy. Hastig führt er es an das Ohr und meldet sich mit atemloser, rau klingender Stimme.

„Ach du bist es, was …?", fragt er und legt auf. Eine ganze Weile sitzt der Mann reglos da, dann starrt er Felicitas an.

„Was ist mit dir, Liebster?", fragt sie verunsichert.

„Was willst du eigentlich noch von mir?", fährt er auf, seine blutunterlaufenen Augen blicken sie und das Kind wild und böse an.

Das Kind zittert. Felicitas schluckt, bevor sie Jürgen noch einmal anspricht, „kannst du mir nun endlich sagen, wer dich angerufen hat?"

„Friedrichs, er hat mir gesagt, dass dein lieber Bruder sich aus dem Staube gemacht hat!"

„Was soll das heißen?"

„Er hat sich umgebracht, meine Liebe."

„Nein, du lügst!"

Felicitas kann es nicht fassen.

Jürgen lacht kurz und wütend auf. Seine rechte Hand schlägt wieder und wieder in die linke Handfläche, dabei zuckt das Kind ängstlich zusammen, als trifft es jeder Schlag. Der Mann sieht plötzlich mit einem Ausdruck von Hass das Kind an.

„Du bist an allem schuld, verstehst du mich, du kleiner Bastard. Geh mir sofort aus den Augen und nimm deine Tante gleich mit!"

Das Kind und seine Frau, die noch vollkommen verstört von der Nachricht des Totes ihres Bruders ist, sind wie versteinert.

„Hört ihr nicht! Raus mit euch!", er drängt sie zur Tür. Bloß gut, dass sich kein Gast mehr in dem Frühstücksraum aufhält und diese Auseinandersetzung miterleben muss.

„Oh Gott, was habe ich nur getan?", stößt Felicitas hervor. Jürgen ist verärgert, weil die Beiden seine Anweisung nicht befolgen.

Er springt ihnen nach, schlägt brutal dem Kind ins Gesicht, danach packt er es und wirft es aus der Tür.

„Ich bringe dich noch morgen in das verdammte Kinderheim zurück und die Ehe mit dir lasse ich auch umgehend annullieren!" Hasserfüllt sieht er dabei Felicitas an. Als wäre nichts gewesen setzt sich Jürgen hinterher wieder auf seinen Platz und lässt sich ein Herrengedeck servieren. Ungehalten leert er auf einem Zug die Bierflasche und danach schüttet er den Sekt in sich rein. Wie lange er so sitzt, weiß er hinterher nicht mehr. Nun greift er zu einer Zigarette und denkt nach, da fällt ihm plötzlich die Lösung ein.

„Mensch ich bin ein Idiot, das Kind ist mein Kapital!", murmelt er vor sich hin und eilt zum Eingang.

„Kleine komm herein, der Papa hat das doch gar nicht so gemeint."

Es bleibt still.

„Du sollst endlich zu Papa kommen, mein kleiner Liebling", ruft er lauter. Es bleibt absolut still. Jürgen geht vor die Tür, der Platz, an dem das Kind und Felicitas standen ist leer. Der Mann stürzt in sein Appartement, dort liegt Felicitas auf dem Bett und heult. Das Kind kann er nirgendwo finden. Auch der Portier kann ihm nicht helfen, er hat das Kind nicht gesehen.

Jürgen rennt die Promenade entlang, schließlich sucht er den Strand ab. Kopfschüttelnd kehrt er in die Pension zurück und wartet vergebens.

Jo sitzt wieder einmal an einem Freitag mit Hilde und Rudolf bei einem sehr verspäteten Frühstück.

„Etwas Gutes hatte der Aufenthalt in der Residenz, nicht wahr Rudolf?", beginnt Hilde ein Gespräch.

„So, davon habt ihr mir noch nichts berichtet", staunt Jo

„Der Masseur war, glaube ich die einzige brauchbare Person, in dem gesamten Heim!" Dabei blinzelt Hilde ihren Mann liebevoll an.

„Nun spannt mich nicht so auf die Folter!"

„Er hat festgestellt, dass ich mit Massagen und viel üben, bald den Rollstuhl verlassen kann, ist das nicht toll?", lüftet Rudolf sein Geheimnis.

„Na dann geh mal ganz schnell in die Residenz zurück", lästert Jo.

„Auf keinen Fall", widerspricht Hilde, „ich will mit Rudolf hier meinen Lebensabend verbringen. Die da", sie weist mit der Hand in Richtung Heim, „vergiften ihre Bewohner, einen nach dem anderen."

„Teils, teils, es ist nicht nachgewiesen, ob es Vorsatz oder ein Versehen war", gibt Jo zu bedenken.

„Und wo ist dann das ehrenwerte Fräulein Doktor, die mir diese Spritze verpasst hat?", will Rudolf von Jo wissen.

„Ich gebe zu, dass alles sehr eigenartig war. Ich sah sie eilig aus der Etagentür kommen und ins Penthaus laufen, dann fand ich dich in dem lebensbedrohlichen Zustand. Einer Ärztin darf so etwas nicht passieren. Es kann sich aber immer noch um einen ungewollten Kunstfehler handeln.

Natürlich ist es höchst eigenartig, dass die Ärztin, mit Ziel unbekannt, am nächsten Tag weggefahren ist", erklärt Jo die Situation von ihrem Standpunkt.

„Mein liebes Kind, nun spielst du deine Lebensrettung aber sehr herab, wo wäre ich ohne dein beherztes Eingreifen heute?"

Rudolf sieht seine Nichte bei diesen Worten dankbar an. Die junge Frau erhebt sich und tritt beschämt ans Fenster, sie hat ein Auto kommen hören.

„Da kommen Pfarrer Lehmann und Thomas Ritter", ruft sie erstaunt aus.

Hilde folgt ihrer Nichte und sieht neugierig aus dem Fenster. „Was soll das bedeuten?"

Ihre Augen werden groß und besorgt. Jo ist bereits aus der Haustür und läuft den ungeplanten Gästen entgegen. Hilde beobachtet, wie sich die Drei angeregt unterhalten. Sie legt noch zwei Gedecke auf und stellt zwei weitere Stühle an den Frühstückstisch.

Mit „Grüß Gott", kündigt der Pfarrer sein Eintreten in die Wohnstube an.

„Seien sie uns herzlich willkommen!", entgegnet das Ehepaar Specht. Die Gäste müssen als Erstes eine kleine Malzeit einnehmen. Jo informiert inzwischen Hilde und Rudolf über die neue Situation.

„Stellt euch vor, Susi ist nicht mehr im Kinderheim."

„Woher wissen sie das?", fragt Rudolf und sieht Thomas Ritter erstaunt an. Der Angesprochene winkt ab und zeigt auf den Geistlichen. Dieser ergreift das Wort, „ich bin einmal in der Woche im Kinderheim, um den Religionsunterricht abzuhalten. Nachdem ich die ganze Wahrheit kenne und weiß, wie mein junger Freund um seine Tochter besorgt ist", dabei blickt er Thomas Ritter mitleidig an, „habe ich nach seiner Tochter Ausschau gehalten.

Ich konnte beim besten Willen Susanne im Heim nicht finden, bis ich endlich die Erzieherin fragte. Was soll ich ihnen sagen, Susanne wurde adoptiert."

„Nein, das kann nicht sein. Erst wird Herr Ritter unschuldig über Jahre eingesperrt, dann stirbt seine Mutter, später seine ehemalige Verlobte und nun wird ihm das Kind genommen. Ist das Rechtens?", fragt Hilde ihren Gatten.

„Wir kennen die Hintergründe nicht. Meist entscheiden die Behörden nach Aktenlage", bekommt sie die ernüchternde Antwort eines ehemaligen Beamten.

„Ich kenne den Letzten Willen der verstorbenen Mutter. Sie hätte Susanne nie und nimmer zur Adoption freigegeben. Angelika nahm mir auf ihrem Totenbett das Versprechen ab, dass ich Vater und Kind zusammenführe.

Ihr Testament für Susanne von Haldenberg habe ich sofort Dr. Wichmann übergeben", offenbart sich der Pfarrer.

„Daher weht der Wind. Also muss jemand erfahren haben, dass Angelika ein Kind hat und dass dieses Kind sehr vermögend ist", kombiniert Rudolf.

„Aber wer, lieber Onkel Rudolf?"

„Ich nehme an, die Person, die Susanne adaptiert hat. Wir erfahren mehr beim zuständigen Jugendamt", glaubt Rudolf zu wissen.

„Jugendamt? Das interessiert sich nur um die Einhaltung der Gesetze, das Wohl des Kindes spielt dabei eine untergeordnete Rolle."

Kann Hilde ihre Erfahrungen mit dieser Behörde beisteuern, die sie bei der Erziehung der drei Pflegekinder, Josephine, Sabine und Andreas gemacht hat.

„Leider muss ich ihnen recht geben", pflichtet ihr der Pfarrer aus seiner Missionsarbeit bei.

Da klingelt das Telefon. Hilde hebt den Hörer ab. „Joachim, wo haben sie so lange gesteckt?"

Alle blicken vom Tisch auf zu Hilde und verstummen, um das Gespräch zu verfolgen.

„Was, das Fräulein Dr. Felicitas von Maiberg heißt nun nur noch Dr. Felicitas Schäfer. Sie haben das Brautpaar zum Flughafen gefahren. Dann bin ich beruhigt, dass sie wieder aufgetaucht sind. Wollen sie Jo sprechen, die ist auch hier?"

Hilde schüttelt zu Jo hin den Kopf.

„Nein, sie sind müde von der langen Autofahrt. Gut dann ruhen sie sich erst einmal aus, ich glaube meine Familie hat ihr Gespräch mitgehört", sie legt auf.

„Das ist eigenartig, dass das adlige Fräulein ihren Namen so ohne weiteres abgelegt hat. Weiß sie gar nicht, dass ihr Bruder tot ist?"

Rudolf schüttelt nachdenklich mit dem Kopf.

„Da ist etwas faul!", ahnt Thomas Ritter und die Anderen nicken zustimmend.

„Was halten Sie davon, sehr geehrter Herr Pfarrer und Herr Ritter, wenn wir nachher zu Dr. Wichmann und Andreas fahren?"

„Gern, liebe Frau Wendler", kommt es wie aus einem Munde.

Eine deutsche Reisegruppe besichtigt die einsame Bucht. Frau Reinhard findet ein Kind unter einem alten Boot, die Frau ist sofort angetan von diesem kleinen schlafenden Engel.

„Wir müssen das Kind zur Polizei bringen, Erich."

„Zunächst informieren wir unsere Reiseleiterin, liebe Helga."

Die Reiseleiterin entscheidet, das Kind aus der Abgeschiedenheit mit ins Hotel zu nehmen und die Hotelmanagerin zu informieren.

Sie stellt fest, „ich glaube das Kind ist seit zwei Tagen nicht aus den Kleidern gekommen, vielleicht wurde es hier vergessen."

„Das glaube ich nicht", entgegnet Frau Reinhard.

„Da sehen sie, „ sie zeigt auf die Wange und die Arme des Kindes, „jemand muss das Mädchen geschlagen haben. Hier sind überall blaue Flecken zu sehen und die Wange ist stark geschwollen."

„Wollen sie damit sagen, dass das Mädchen misshandelt wurde?", fragt die Hotelmanagerin.

„Es hat den Anschein", stellt Frau Reinhard fest.

„Dann müssen wir als Erstes einen Kinderarzt hinzuziehen. Der kann ein Attest ausstellen, dass wir das Kind verlassen in diesem Zustand vorgefunden haben, damit die Erziehungsberechtigten überprüft werden", entscheidet die Managerin

Frau Reinhard hält die Hand aufs Herz.

„Mein Gott, es wird so viel übermisshandelte Kinder geschrieben und gerade wir müssen so etwas miterleben."

In diesem Moment schlägt das Kind die Augen auf. Vor Angst hält es seine Puppe krampfhaft fest, springt auf und versteckt sich in der Fensternische.

„Du brauchst keine Angst zu haben. Wie heißt du?", spricht sie die Hotelmanagerin in Spanisch an. Das Kind reagiert nicht. Die Reiseleiterin versucht es auf Englisch. Wieder keine Reaktion.

„Vielleicht spricht sie unsere Sprache. Wie heißt du?", fragt Frau Reinhard.

„Susi", kommt es kläglich aus der Fensternische.

„Schöne Eltern!", murmelt Herr Reinhard verbittert.

Die Reiseleiterin hat eine Idee.

„Komm Susi, wir werden dich erst einmal Baden."

Zu den Anderen gewandt sagt sie, „in der Badewanne werden die meisten Kinder gesprächig."

Sie übernimmt das Baden. Nichts dergleichen ereignet sich, Susi schweigt. Nach einer halben Stunde klopft die Managerin an das Appartement der Familie Reinhard.

„Nun haben sie etwas erfahren?"

Frau Reinhard schüttelt mit dem Kopf.

„Susi ist nach dem Baden ganz plötzlich eingeschlafen. Ich habe sie in unser Hotelbett gesteckt. Sie scheint sehr erschöpft zu sein. Als ich sie vor dem Baden entkleidete, habe ich ihr dieses Kettchen abgenommen."

Sie reicht es der Managerin.

„Ein Medaillon mit einem Familienwappen", murmelt diese nachdenklich. Sie will es öffnen, doch es hat sich verklemmt. Herr Reinhard untersucht den Schmuckgegenstand, drückt auf eine Feder und der Deckel öffnet sich. Zwei Fotos kommen zum Vorschein. Eine sehr schöne junge Frau und ein charmanter Mann mit Lockenkopf.

„Wahrscheinlich sind das die Eltern des Kindes. Wenn uns die Kleine nicht erzählt woher sie kommt, werden wir die Bilder abfotografieren", schlägt die Managerin vor.

„Da kommt mir eine Idee, ich kenne einen Wappenspezialist. Ihn werde ich das abfotografierte Wappen senden. Vielleicht kommen wir damit weiter", fällt Herrn Reinhard ein.

„Da kann ich ihnen nur beipflichten, es ist besser die Familie über das Wappen zu finden, als die Mallorquinische Polizei einzuschalten, dass das Kind erst einmal ins Heim bringt", bestätigt ihn die Hotelmanagerin.

„Gut, wir lassen Susi erst einmal ausschlafen, geben sie mir Bescheid, wenn sie aufwacht", bittet die Hotelmanagerin.

Sie dreht sich zu Herrn Reinhard um.

„Kommen sie bitte mit, damit wir die Fotos machen und unsere Suche beginnen?"

„Gern, ich hole nur mein Photohandy", erhält sie zur Antwort.

„Büro Roland von Haldenberg, sie sprechen mit Frau Kupfer, was kann ich für sie tun?"

„Carmen Siegel, Managerin des Hotel El Paradieso, Palma de Mallorca, verbinden sie mich bitte mit Herrn von Haldenberg."

„Herr von Haldenberg ist für Niemanden zu sprechen", antwortet die pflichtbewusste Sekretärin.

In diesem Augenblick tritt der Vorstandsvorsitzende der Senioren – Residenz aus seinem Arbeitszimmer und legt der Sekretärin die Unterschriftenmappe wieder auf den Schreibtisch. Sie hält ihre Hand auf den Telefonhörer.

„Hier ist eine Hotelmanagerin aus Mallorca, die sie sprechen möchte."

„Mallorca, damit habe ich nichts zu tun. Ich kann mir beim besten Willen, bei dem Chaos hier, keinen Urlaub leisten. Wimmeln sie das Hotel ab."

Die Sekretärin führt den Telefonhörer wieder zum Ohr. „Ich bedaure, der Chef ist anderweitig beschäftigt, auf Wiederhören!"

„Halt, warten sie, sagen sie Herrn von Haldenberg nur ein Wort – Susi -, bitte!"

„Herr von Haldenberg ist soll ihnen Susi sagen."

Der Mann stutzt, greift zum Hörer und fragt, „was wollen sie von Susanne?"

„Das Kind ist mutterseelenallein hier im Hotel!"

„Was? Susanne von Haldenberg ist hier in Deutschland in einem Pensionat."

„Nein sie irren sich. Urlauber haben das Kind an einer einsamen Bucht gefunden."

„Bitte geben sie meiner Sekretärin ihre Daten, ich hole Susanne umgehend ab, Danke!"

Er legt verärgert auf.

„Frau Kupfer, bitte besorgen sie mir so schnell wie möglich einen Flug nach Palma de Mallorca. Und informieren sie den neuen Fahrer, wie heißt er doch gleich?"

„Redlich!"

„Richtig, der soll mich mit nach Mallorca begleiten. Ich brauche zwei Tickets hin und drei zurück."

„Wer vertritt sie hier?"

„Niemand, es tut mir leid, privat geht vor. Sie erreichen mich jederzeit übers Handy."

Nach wenigen Telefonaten kann die Sekretärin ihren Chef informieren, dass er bereits drei Stunden später abfliegen kann.

Schwerer ist es für sie den Cheffahrer zu erreichen. Dieser wird aus seinem Schlaf gerissen und ist sehr erstaunt, gleich wieder mit dem Vorstandsvorsitzenden zu verreisen. Da er bisher keinen Kontakt zu Herrn von Haldenberg hatte, kommt es auf der Fahrt zum Flughafen auch zu keinem vertraulichen Gespräch. Redlich sitzt im Flugzeug in einer anderen Kategorie. Nach der Landung in Palma soll er sich auf dem Flughafen aufhalten. Nach zwei Stunden wird er ausgerufen und mit einem

Taxi in ein Hotel gefahren. Dort warten Herr von Haldenberg und ein kleines Kind. Joachim stutzt, das ist das Adoptionskind von Felicitas Schäfer. Er schweigt zu seiner Entdeckung.

„Herr Redlich, ich habe bei der übereilten Abreise aus Deutschland verpasst Papiere für meine Nichte Susanne von Haldenberg zu organisieren, deshalb muss ich zurück nach Deutschland und das nachholen. Bitte verwöhnen sie die kleine Prinzessin bis ich zurück bin."

Er überreicht Joachim ein Bündel Geld und spricht weiter.

„Die Hotelmanagerin, Frau Carmen Siegel und das Ehepaar Reinhard, die meine kleine Nichte gefunden haben, werden sie unterstützen."

Danach bückt er sich und spricht zu dem Kind, „Susanne, ich bin dein Onkel Roland, der Bruder deiner verstorbenen Mami, weil ich so schnell hierher geflogen bin, habe ich deine Papiere vergessen. Herr Redlich ist ein guter Freund, er wird dich beschützen und all deine Wünsche erfüllen, meine kleine Prinzessin." Das Kind weiß nichts mit diesen Worten anzufangen. Sie kennt weder eine Mami noch diesen Onkel Roland.

„Was ist mit der neuen Mami und dem Papi, die mich aus dem Heim geholt haben?"

„Mit denen beschäftige ich mich auch noch", verspricht Onkel Roland dem Kind.

Joachim ist so durcheinander, dass er nur nicken kann. Nachdem Herr von Haldenberg abgereist ist, unterhält er sich liebevoll mit dem Mädchen und ergründet die Wünsche seiner Schutzbefohlenen. Er denkt dabei an die Worte von Angelika von Maiberg, die ihn gebeten hat Kindermädchen zu sein, nun weiß er, was sie damit gemeint hat.

Mit Hilfe von Frau Reinhard kauft er erst einmal Kleidung, Badesachen und Spielzeug für die kleine Susanne. Das Kind darf das erste Mal, seit ihrem Aufenthalt in Mallorca, in dem Hotelpool planschen.

Joachim sortiert seine Eindrücke:

- *ich musste die Adoptionsunterlagen vom Amtsarzt holen, ein Vorstandsmitglied,*

- *dann holte ich Susanne von Haldenberg aus dem Heim ab,*

- *und fuhr das Brautpaar zum Flughafen, beide Vorstandsmitglieder,*

- *davon wusste der Onkel des Kindes nichts, der Vorstandsvorsitzende!*

- *Ich sitze ganz schön in der Patsche.*

Susi ist das erste Mal richtig glücklich. Sie darf zu dem netten Herrn, Joachim sagen und dieser holt ihr Cola, Eis, Spielsachen und andere schöne Dinge.

„Du bist genau so lieb wie der Thomas", beginnt das Kind ein Gespräch.

„Wer ist Thomas?"

„Ein ganz netter Mann, den habe ich auf der Straße gefunden. Er hat mich ins Kinderheim zurückgebracht und versprochen mich wieder zu besuchen."

„Dann muss er ganz besonders lieb zu dir gewesen sein."

„Ja und auch zu meiner Sybille", das Kind zeigt auf die Puppe. „Willst du mal meine Mama und meinen Papa sehen?"

Joachim nimmt ihr das Medaillon ab und Susi zeigt ihm, wie es geöffnet wird. Joachim starrt auf die Bilder und schüttelt ungläubig mit dem Kopf.

„Am Abend, nachdem er das Kind ins Bett gebracht hat, wählt er die Telefonnummer der Anwaltskanzlei Dr. Wichmann & Partner. Joachim erreicht Andreas, der an einem schwierigen Fall arbeitet und berichtet über seine Entdeckungen und seine Erlebnissen in Mallorca.

„So, Herr von Haldenberg", sagt der Staatsanwalt, der ihn gemeinsam mit Kommissar Bachmann verhört und atmet tief durch.

„Ich hoffe, sie haben sich wieder gefasst. Ich nehme stark an, dass sie die Polizei am Flughafen nicht erwartet haben?"

„Was wollen sie von mir?"

Der Zugeführte wischt sich mit einem Taschentuch nervös den Schweiß ab.

„Erzählen sie uns, was wirklich am Abend vor dem Tod ihrer Stiefmutter passierte."

Der Staatsanwalt lässt erkennen, dass er bereits alles zu wissen scheint. Er lehnt sich zurück und nimmt sich vor, heute nach sechs Jahren, ohne ein Geständnis den Raum nicht zu verlassen. Roland von Haldenberg schweigt und beißt sich auf die Unterlippe. Er denkt nach. Was hat er noch zu verlieren, so entscheidet er sich reinen Tisch zu machen.

„Also was ist?"

Übernimmt Kommissar Bachmann das Verhör, „sie hatten sechs Jahre Zeit um ihre Aussage zu formulieren.

Roland von Haldenberg schluckt. „Ja", sagt er kläglich und sieht Bachmann mit feuchten Hundeaugen an.

„Was heißt ja?"

„Ich bin schon kein Mensch mehr, meine ich mit ja. Wenn sie mir Hafterleichterung versprechen, dann packe ich richtig aus. Das mit dem Kind habe ich wirklich nicht gewollt!"

„Was wollen sie aussagen?", fragt ihn der Staatsanwalt sachlich.

„Na, das ich die Wasserflasche im Kühlschrank ausgetauscht habe. Das Ganze war eine Idee von Schäfer, um diesen Thomas Ritter loszuwerden."

„Das ist kaum zu glauben, sie haben sich zum Werkzeug eines anderen machen lassen und damit das Leben ihrer Stiefmutter ausgelöscht. Dann haben sie sechs Jahre lang geschwiegen?"

Der Staatsanwalt ist empört. Kommissar Bachmann springt auf und starrt Roland von Haldenberg fassungslos an.

Dieser stottert, „unabsichtlich, natürlich ganz unabsichtlich, trank meine Stiefmutter von dem Wasser, das für Ritter bestimmt war. Ich war damals völlig durcheinander, nachdem mir meine Schwester Angelika eröffnete, dass sie von diesem Ritter schwanger ist."

„Augenblick!", unterbricht der Staatsanwalt scharf.

„Sie geben zu, dieses Mineralwasser in den Kühlschrank getan zu haben und hinterher haben sie es auch wieder herausgenommen. Habe ich sie richtig verstanden?"

Roland von Haldenberg wird unsicher.

"Ich weiß nicht genau", stottert er.

„Geben sie uns eine klare Antwort. Haben sie vorsätzlich das Mineralwasser in den Kühlschrank getan? Wussten sie, dass dieses Wasser vergiftet war?"

„Es könnte so gewesen sein. Ich wollte meiner Stiefmutter gewiss nichts Böses antun. Das sollte nur ein Denkzettel für Ritter sein. Ihm hat es nicht groß geschadet. Nur die Tabletten mit dem Zusatz waren ein Giftcocktail und den hat Ritter meiner Stiefmutter verabreicht, er sollte Leitungswasser nehmen."

„Also ja oder nein?", drängt der Kommissar.

„Ja, ich habe die Flasche von Schäfer bekommen, dieser wiederum von Felicitas, die damals Medizinstudentin war und an Pantaxsyl kam."

„Das steht auf einem ganz anderen Blatt."

„Nun gut, sie bleiben bei ihrer Aussage?"

„Ja mit der Ergänzung, dass Schäfer der Auftraggeber war."

„Warum war Schäfer der Auftraggeber?"

„Dazu möchte ich heute keine Aussage machen!"

„Gut, wenn sie keine Fragen mehr an Herrn von Haldenberg haben, Herr Kommissar Bachmann, können wir heute hier aufhören."

Der Angesprochene schüttelt den Kopf, der Staatsanwalt verlässt zufrieden das Vernehmungszimmer.

„Sie können sich jetzt das Protokoll durchlesen und unterschreiben."

Damit reicht der Kommissar Roland von Haldenberg das Vernehmungsprotokoll und einen Stift. Nachdem dieser das Dokument durchgelesen und unterschrieben hat, sagt der Kommissar, „sie dürfen gehen."

„Ich bin nicht verhaftet?"

„Warum, wollen sie das Land verlassen?"

Der Angesprochene schüttelt mit dem Kopf. „Sie haben Recht, bei mir besteht keine Fluchtgefahr, ich muss schließlich die Senioren – Residenz leiten."

Kommissar Bachmann nickt vor sich hin und öffnet die Tür, damit der Zugeführte so schnell wie möglich aus seinem Blickfeld verschwindet. Danach setzt er sich an seinen Arbeitsplatz, zündet seine Pfeife an und denkt nach. Je länger er nachdenkt, umso deutlicher werden für ihn die Motive dieses Mordkomplotts. Er liest sich noch einmal das Geständnis durch. Dann vergleicht er das Dokument mit dem Schreiben von Angelika von Maiberg, dass er von Rechtsanwalt Dr. Wichmann erhalten hatte. Er weiß, dass Frau Angelika von Maiberg dieses Schreiben und ihr Testament, Pfarrer Lehmann im Krankenhaus übergeben hatte. In beiden Schreiben stand nichts von einer Adoption. Sie hatte verfügt, dass ihre kleine Tochter Susanne in die Obhut ihres Vaters gegeben wird und dass dieser das Haldenbergvermögen für das Kind verwalten soll. Sie hat eindeutig darauf hingewiesen, dass sie erst von dem Komplott gegen Thomas Ritter erfahren hat, als sie die Scheidung von ihrem Mann wünschte. Ihr, inzwischen auch verstorbene Ehemann, hat sie über ihren Stiefbruder und dessen Kumpane aufgeklärt. Vermutlich musste sie deshalb sterben, sie wurde auch mit Pentaxsyl vergiftet. Da stutzt der Kommissar, dieses Gift fand die Pathologie auch in dem Körper von Mary zusätzlich zum Morphium. Da tritt sein Kollege Winkler ein, ihn klärt der Kommissar über seine Gedankengänge und das Geständnis des Zugeführten auf.

„Sie können mit dem Ermittlungsergebnis zufrieden sein? Endlich haben sie das Geständnis, auf das sie seit Jahren gewartet haben."

Kommissar Bachmann nickt.

„Roland von Haldenberg konnte nicht anders. Er wurde von all seinen Geschäftspartnern; Albert von Maiberg sowie von dessen Schwester und deren Freund Schäfer hintergangen. Diese Herrschaften haben sich galant aus dem Staube gemacht. Haldenberg ist kein Dummkopf, er weiß inzwischen wie tief er sich mit seiner Geldgier in den Schlamassel geritten hat. Wenn er damit vor Gericht aufwartet, muss er mit einem Schuldspruch wegen vorsätzlicher Tötung rechnen. Gibt er zu, das Mineralwasser in den Kühlschrank getan zu haben und Ritter hat das aus Unwissenheit der Mutter gegeben, kann das Gericht Roland von Haldenberg nur wegen fahrlässiger Tötung anklagen. Dabei kommt er mit minimal zwei Jahren Haft davon."

„Das sehe ich alles ein, was wird nun mit Thomas Ritter. Mit dieser Aussage ist eindeutig bewiesen, dass er unschuldig war."

„Für Thomas Ritter freue ich mich besonders. Natürlich muss das Verfahren wieder eröffnet werden.

Das Gericht kommt in seinem Fall nicht umhin ihm eine Haftentschädigung zu zahlen und er bekommt endlich sein Kind, auf das er so lange verzichten musste."

„Da haben sie allerdings Recht. Wie ich unseren Staatsanwalt kenne, wird er alle dazu nötigen Maßnahmen schnell vorbereiten."

Der junge Kollege will aus dem Zimmer gehen, da fällt ihm noch etwas ein und er kehrt an den Schreibtisch seines Vorgesetzten zurück.

„Was wird aus Schäfer?"

„Keine Sorge, das nette Pärchen bekommen wir auch noch. Ich habe die Kollegen in Mallorca um Mithilfe ersucht", beruhigt Bachmann seinen Kollegen.

Das Polizeirevier in Palma erhält ein Fax aus Deutschland. Marco, verantwortlich für Ausländerfragen betrachtet die Portraits, die das Fax auswirft und liest.

„Gesucht werden Felicitas Schäfer, geb. von Maiberg und Jürgen Schäfer. Das Ehepaar steht unter dem Verdacht der Kindesentführung!"

Er heftet das Schreiben an die Pinnwand. Da fällt ihm die Suchmeldung gerade dieses Ehepaares nach ihrer Tochter Susanne ins Auge. Er geht zu seinem Schreibtisch und öffnet die Akte Susanne Schäfer und kontrolliert die Dokumente. In der Kopie der Ausweispapiere ist das Kind des Ehepaares ordnungsgemäß eingetragen. Der Polizist schüttelt mit dem Kopf. Er greift, um Gewissheit zu erlangen zum Telefonhörer und wählt die Telefonnummer der Pension, in der das Ehepaar Schäfer abgestiegen ist.

Von dem Pensionsbetreiber erhält er bestätigt, dass sich das Ehepaar Schäfer Sorgen um das vermisste Kind macht. Danach steht Marco auf, nimmt das Fax von der Pinnwand, schreibt darauf

„Übermittlungsfehler – nicht nach dem Ehepaar wird gesucht, sondern nach dem Kind!",

steckt es als „Erledigte!" in die Ablage.

Jürgen Schäfer wird kurz nach dem Telefongespräch mit der Polizei von dem Empfangschef informiert, als dieser nachfragt, ob eine Nachricht hinterlassen wurde.

„Die Polizei hat sich bei der Geschäftsleitung nach ihnen erkundigt. Aus Deutschland kam eine Suchmeldung wegen Kindesentführung. Wir wissen, dass es ein Missverständnis ist, nicht sie werden gesucht, sondern ihre kleine Tochter, das wollte der Polizist nur noch mal von uns bestätigt haben", informiert ihn der Portier. Jürgen zwingt sich ein Lächeln ab. „Danke!"

Danach stürzt er zu Felicitas.

„Pack deine Klamotten ein, wir müssen sofort hier weg!"

Die Frau räkelt sich genüsslich im Bett. „Was heißt weg?"

„Wir werden von Deutschland aus wegen Kindesentführung gesucht!"

„Woher weißt du das?", fragt die Frau ungläubig.

„Das hat die hiesige Polizei losgelassen. Noch glauben sie an einen Irrtum, weil wir eine Suchmeldung nach Susanne ausgelöst haben."

Die Frau wird zornig.

„Ist dem verdammten Schwein von Friedrichs nichts Besseres eingefallen, um seinen Kopf aus der Schlinge zu ziehen, als uns zu verpfeifen!"

„Das bringt uns jetzt nicht weiter. Mit dem Flieger kommen wir nicht mehr von der Insel, ich werde eine Jacht chartern. Nimm nur deine Handtasche mit, alles andere können wir uns wieder kaufen. Unsere Abreise darf hier keiner mitbekommen."

In der Rezeption blickt sie der Empfangschef erstaunt an. „Oh Frau Fischer, fühlen sie sich wieder wohler? Wollen sie ausgehen?"

„Nein, uns lässt die Ungewissheit um unsere kleine Susanne keine Ruhe, wir werden noch einmal den Strand absuchen."

„Viel Glück!"

„Danke, das können wir brauchen!", ruft Felicitas schadenfroh zurück.

„Hotel El Paradieso, Managerin Carmen Spiegel, spreche ich mit dem verantwortlichen Kommissar für Ausländerfragen, der die Suchmeldung über ein sechsjähriges Mädchen, an alle Hotels geschickt hat?"

167

„Ja, ich bin dafür zuständig", meldet sich Marco.

„Das Kind, Susanne von Haldenberg ist hier in unserem Hotel, in Obhut eines Vertrauten ihres Onkels, Roland von Haldenberg. Das Kind wurde unrechtmäßig nach Mallorca gebracht und misshandelt, deshalb ist es den Entführern weggelaufen."

„Verdammt! Entschuldigen sie, wir haben die Meldung wegen Kindesentführung aus Deutschland nicht richtig verstanden. Da ging es um ein Kind namens Susanne Schäfer, ich komme sofort in ihr Hotel."

Marco veranlasst die Fandung nach dem betrügerischen Ehepaar Schäfer.

Nachdem die Polizei in der Pension eintrifft, ist das Hotelzimmer leer und das Ehepaar ist auf der Flucht. Sofort werden der Flughafen und die Küstenwache informiert.

Die kleine Susanne erhält ihr Köfferchen zurück. Nun kann sie endlich ihrer Puppe ein neues Kleid anziehen. Das Kind ist das erste Mal in ihrem Leben glücklich. Sogar der Polizeikommissar Marco, mit den schönen, dunklen Augen wird neben Joachim, dem Ehepaar Reinhard und dem gesamten Hotelpersonal ihr Freund. Sie darf mit dem Polizeiauto, das seine Sirene aufheulen lässt, mitfahren. „Onkel Marco, du hast mir gesagt, dass ich einen Papa habe?"

„Ja, das stimmt, meine kleine Susi."

„Kennst du meinen Papa?"

„Nein leider nicht."

Susi blickt traurig in die warmen braunen Augen des Gesetzeshüters.

„Wer von euch kennt meinen Papa?"

Sie schaut sich in der Runde ihrer erwachsenen Freunde um.

„Ich!", meldet sich Joachim.

„Also du kennst meinen Papa. Ist er so lieb, wie ihr alle?", fragt sie neugierig.

„Ganz toll lieb ist er und ich kann dir noch ein Geheimnis verraten."

„Na sag schon, lass mich nicht so lange warten", sagt sie altklug. Alle müssen über die herzige Kleine lachen.

„Dein Papa kommt bald, um dich und auch mich, von hier abzuholen!"

„Und was wird dann aus meinen Freunden hier?", sie zeigt auf die Anwesenden und dreht sich im Kreis. Dann strahlt sie über ihr ganzes Gesicht und ruft begeistert aus, „mein Papa kommt!" Zu ihrer Puppe sagt sie leise, „nun hast du endlich einen Opa!"

„Anja, bitte kopieren sie mir diese zwei Schreiben, Danke!"

Mit diesen Worten betritt Rechtsanwalt, Dr. Wichmann das Sekretariat, in dem bereits ein Mann wartet.

„Herr Ritter schön, dass sie schon hier sind. Kommen sie bitte zuerst in mein Büro, hinterher gehen wir gemeinsam zur Abschlussberatung der Detektei."

Freundlich reicht der Rechtsanwalt seinem langjährigen Klienten die Hand und geleitet ihn in sein Büro.

„Nein kommen sie hierher in die Klubecke unsere heutige Beratung ist nicht offiziell, wir haben etwas zu feiern."

„Wissen sie schon etwas Neues?"

„Erst einmal setzen wir uns. Was darf ich ihnen anbieten, Sekt oder Kognak?"

„Ein Gläschen Sekt wäre schon Kreislauf anregend. Bitte lassen sie mich nicht so lange im Unklaren, lieber Dr. Wichmann. Was wissen sie über meine Tochter?"

„Sie meinen Susi? Dafür bin ich nicht zuständig, dazu wird ihnen dann die Detektei Auskunft geben. Wir schaffen erst einmal die Grundlagen, damit sie ohne Barrieren ihre Tochter zu sich nehmen können." Dabei schmunzelt der Anwalt verheißungsvoll.

„Was meinen sie damit?", wird Thomas Ritter unsicher.

„Ich habe bei der Staatsanwaltschaft und damit auch beim Familiengericht eine einstweilige Verfügung erwirken können. Bereits heute Nachmittag ist eine Anhörung und dort haben sie große Chancen das alleinige Erziehungsrecht über ihre Tochter zu erhalten. Sie sind bereits, als unschuldig rehabilitiert worden!"

Der alte Rechtsanwalt strahlt über sein liebenswertes, zerfurchtes Gesicht. Thomas ist nicht in der Lage zu sprechen, die letzten Worte des Älteren schnüren ihm die Kehle zu, er kämpft mit den Tränen. Dr. Wichmann erkennt die Situation, reicht Thomas still das, von ihm eingeschenkte Glas mit Sekt und sagt mit seiner warmen Stimme, „zum Wohl und viel Glück für sie und ihre Tochter!"

Die Abschlussberatung der Detektei Wendler in Andreas Büro ist im vollen Gange. Da öffnet sich die Tür und Hilde tritt ein. Die drei Geschwister sehen erstaunt nach ihr, „bist du allein?"

„Warum soll mein Hildchen alleine kommen?", hören sie Rudolfs Stimme und dann steht er in der Tür. Sein Erscheinen lässt die Geschwister freudig erschauern. Sabine und Andreas laufen ihm entgegen, um ihn abzustützen.

Jo steht schmunzelnd am Fenster und Hilde hat sich zu ihr gesellt.

„Lasst mich los, ich brauche eure Hilfe nicht!", schüttelt Rudolf die beiden ab.

„Wo ist dein Rollstuhl, Onkel Rudolf?"

„Den brauche ich nicht mehr, ich benutze nur noch den Spazierstock als drittes Bein. Wartet es ab, bald brauche ich auch den nicht mehr."

Die Zwei noch nicht eingeweihten Familienmitglieder, gratulieren dem Onkel zu seinem Genesungserfolg. Jo beendet den Freudenausbruch, um wieder zur Tagesordnung überzugehen.

„Also war der Aufenthalt in der Senioren – Residenz wenigstens für unseren Rudolf, trotz aller Widrigkeiten, ein Gewinn", beginnt sie ihre Auswertung.

„Das walte Hugo!", wirft Rudolf ein.

„Und trotzdem bist du einer großen Gefahr entgangen. Nachdem ich dein Zimmer betrat musste ich mehrere Aktivitäten auslösen, dabei ist mir etwas Wichtiges entgangen. Erst bei einem Gespräch mit Kommissar Bachmann kam mir wieder mein Geruchssinn zu Bewusstsein. In eurem Appartement roch es sehr stark nach Mandeln. Das ist der Polizei auch aufgefallen und nicht nur dieser. Bei Befragungen von Bewohnern der Residenz kamen wir zu der Erkenntnis, dass es nach dem Tod von Frau

Ritter auch in diesem Zimmer nach Mandeln gerochen hat."

„Was hat das auf sich?", will Sabine wissen.

Andreas erklärt wissenschaftlich, dass Kaliumzyanid nach Mandeln riecht und hochgiftig ist.

„Wir wissen, dass die älteren Bewohner der Residenz, hinter vorgehaltener Hand, von der angeblichen Wunderwirkung des Mandeltees der Chefärztin sprechen", klärt Jo weiter auf.

Hilde erschrickt und ruft aufgeregt, „daran hätte Rudolf sterben können!"

„Bin ich aber nicht! Ich kann mich daran erinnern, dass mir das Fräulein Doktor eine Spritze gegeben hat. Dann wollte sie mir noch einen Maßbecher mit Medizin einflößen. Das es nicht dazu kam, habe ich ihrem Handy zu verdanken. Der Anruf muss sie mächtig aufgeregt haben, sie begann zu zittern, hat die Flüssigkeit verschüttet, ist aufgeregt aus dem Zimmer gerannt und gleich danach kamst du, liebe Jo."

„Du kannst dem Anrufer dankbar sein, nicht mir."

„Was erzählst du da für einen Blödsinn, mein Liebling. Du hast dann die Ermittlungen ausgelöst und mich zu einem richtigen Arzt gebracht, dafür bin ich dir ewig dankbar."

173

Jo ist gerührt und die Anderen auch, sie versucht den Faden wieder zu finden.

„Wie wir nun wissen, ist Thomas Ritter unschuldig. Das Mineralwasser war vor sechs Jahren mit einem Gift versetzt. Zusammen mit der Medizin war es für die Mutter seiner Verlobten ein tödlicher Giftcocktail, bei ihm hatte es lediglich die Wirkung einer Alkoholvergiftung. Ein makaberer Scherz, der sich tödlich auswirkte. Wir wissen heute, dass auch hier Felicitas von Maiberg, die damals Medizin studierte und an Gift herankam, dafür verantwortlich war. Hingegen mit dem Mord an der Sekretärin Mary hatte sie nichts zu tun. Das war das Werk ihres Bruders, weil Mary ihn bespitzelte. Albert von Maiberg hat diesen Mord und auch den Mordauftrag an seiner Frau in seinem Abschiedsbrief, vor seinem Freitod gestanden."

„Welche Rolle hat dann dieser Glatzkopf gespielt?", lockt Hilde Jo heraus.

„Du meinst, den Unternehmensberater Jürgen Schäfer, den ich bei einem früheren Fall observiert habe? Schäfer war der Erfinder der Leibrentenverträge und seine Langzeitverlobte hat dafür gesorgt, dass die Versicherten sehr schnell in den Genuss ihres sagenumwobenen Mandeltees kamen."

„Und welche Rolle spielte Roland von Haldenberg?", will Hilde weiter wissen.

Der war nur ein Handlanger, so wie sein Studienfreund, Albert von Maiberg. Beide hatten wenig Interesse etwas Nützliches im Leben zu leisten. Sie brachen ihr Studium ab, verbrachten die meiste Zeit im Kasino und verprassten die Einnahmen. Bis die Senioren – Residenz rote Zahlen schrieb."

„Du meinst das Geld aus den Leibrentenverträgen der Senioren!", ergänzt Andreas.

„Richtig! Dann sind sie sich uneins geworden, weil die Sekretärin ein Baby von Albert erwartete und Angelika sich scheiden lassen wollte. Deshalb war es Alberts Aufgabe diese zwei Frauen zu beseitigen, wobei er Unterstützung von Roland von Haldenberg erhielt", bestätigt Jo, Andreas Einwurf.

„Das ist alles so brutal, worum ging es denn eigentlich? Tiere töten, um sich Nahrung zu verschaffen, warum haben diese Bestien getötet?", wird Hilde sentimental.

„Bei diesem ganzen Durcheinander hat Jürgen Schäter seine Chance erkannt, endlich allein an das große Geld zu kommen. Er hat seine Langzeitverlobte geheiratet, das vermögende Kind von Angelika adoptiert und ist ins Ausland geflüchtet. Dort hat er sich schon in Sicherheit gefühlt und das Kind misshandelt."

„Es wird immer schlimmer, was kann das unschuldige Kind dafür?", meldet sich nun mitleidig Sabine zu Wort, Hilde nickt zustimmend.

„Du sagst es, Sabine! Ich weiß von meinem Freund Bachmann, dass der Küstenschutz das saubere Pärchen auf der Flucht gefasst hat. Sie sitzen in Palma in Untersuchungshaft."

Da öffnet sich die Tür ein wiederholtes Mal. Rechtsanwalt Dr. Wichmann und der glückstrahlende Thomas Ritter treten ein. Sie grüßen in die Runde und sehen in erhitzte Gesichter.

„Was ist denn hier für eine dynamitgeladene Stimmung?", fragt Dr. Wichmann interessiert.

„Wir haben noch einmal die Ermittlungsergebnisse, die sie schon kennen, angesprochen", klärt Andreas seinen älteren Kollegen auf.

„Ich verstehe. Gut dann ist die Vergangenheit bewältigt und wir können uns endlich der Zukunft zuwenden."

Er dreht sich zu Thomas um.

„Bitte setzen sie sich gleich zu mir, Herr Ritter."

„Entschuldigen sie bitte!"

Thomas Ritter betrachtet die Zwillinge erstaunt.

„Wer von ihnen ist meine Detektivin?"

Die Zwillinge lachen herzlich und die Anderen stimmen mit ein.

„Haben sie nicht gewusst, dass es uns zwei Mal gibt?"

„Nein!"

„Sehen sie und das haben wir bereits ausgenutzt", gesteht ihm Sabine.

„Wie darf ich das verstehen?"

„Sie haben mich auf der Straße angesprochen und mit Jo verwechselt. Ich wollte sie ohne Abstimmung mit Jo nicht aufklären, deshalb lies ich sie bei dem Glauben. Natürlich habe ich Jo über unser Gespräch informiert."

„Bei ihnen trifft das Sprichwort zu, Schwestern teilen alles? Dann muss ich in Zukunft aufpassen, um mich nicht wieder zu blamieren."

„Ich bin Jo. Als Erkennungszeichen trage ich in Zukunft mein Haar etwas kürzer wie Sabine, einverstanden?"

„Ich werde es mir merken!"

Diese kleine Verwechslungskomödie lässt die böse Zeit verblassen.

„Ich habe nur noch eine Frage zur Vergangenheit an Herrn Ritter", wendet sich Jo nun wieder sachlich an ihren Schutzbefohlenen.

„Warum wollte Felicitas von Maiberg ihnen einen Denkzettel verpassen?"

„Ich war bereits mit Angelika verlobt. Da lernte ich auf einem Abiturientenball Felicitas von Maiberg kennen. Diese junge Frau war sehr anhänglich. Sie wollte es nicht akzeptieren, dass ich für sie keine Gefühle hegte."

„Danke, also war sie deshalb gekränkt, weil sie ihre Liebe nicht erwiderten?"

Thomas nickt.

Nun ergreift Dr. Wichmann das Schlusswort.

„Dass Thomas Ritter endlich rehabilitiert wurde, wissen sie bereits. Noch heute gibt es eine Anhörung zum alleinigen Sorgerecht für seine Tochter Susanne. Ich bin mir sicher, dass er das erhalten wird."

„Das heißt, ich bekomme endlich meinen treuen Mitarbeiter Joachim zurück?", jubelt Sabine.

„Oh Gott, an unseren treuen Joachim Redlich hat keiner bei dem Durcheinander mehr gedacht!", fällt es Hilde ein.

„Macht euch keine Sorgen um Joachim, der genießt mit Susanne einen herrlichen Urlaub auf Mallorca", beruhigt Andreas die Anwesenden.

„Ich werde, sobald mir das Sorgerecht zugesprochen wird, zu meiner Tochter fahren und Joachim ablösen", meldet sich Thomas Ritter zu Wort.

„Wer hat eigentlich die Sauerei mit der Adoption verbrochen?"

„Das war eine Amtsanmaßung vom Amtsarzt, Dr. Friedrichs. Er wurde bereits suspendiert, ihn erwartet ein Amtsenthebungsverfahren. Weiter wurden ihm Korruption, Betrug, Urkundenfälschung und einige Kunstfehler zur Last gelegt. Ich habe seine Verteidigung abgelehnt", nimmt Rechtsanwalt Dr. Wichmann zu der Frage von Hilde Stellung.

Jo übernimmt noch einmal das Wort, „nachdem wir alle Unklarheiten beseitigt haben und Herr Ritter rehabilitiert ist, haben wir unsere Aufgabe als Detektei erfüllt. Ich bitte nun zur Kasse, dazu erteile ich Sabine Berger das Wort."

„Ich bedanke mich bei der Detektivin Jo Wendler und euch allen im Namen des Auftraggebers, der Cornelia van Holms Stiftung. Ich darf nun alle zu einem kleinen Imbiss einladen", fordert Sabine charmant die Anwesenden auf, den Erfolg zu feiern.

„Halt, halt! Darf ich auch etwas dazu sagen?", meldet sich Thomas etwas beschämt zu Wort. Alle sehen ihn erwartungsvoll an.

„Ich kann ihnen gar nicht genug danken.

Ohne ihre Hilfe wäre mir das Vaterglück nie begegnet …"

Dann bricht er ab. Tränen laufen über sein Gesicht. Jo tritt zu ihm.

„Fassen sie sich, wir verstehen ihr Glück und sind dankbar, daran teilnehmen zu können."

„Danke Jo, begleiten sie mich nach Mallorca?"

„Sehr gern, sie müssen ihrer Tochter Susi sehr langsam beibringen, dass sie nun einen Vater hat."

Über sechs Jahre sind es her, in denen sich Thomas Ritter gequält hat. Wie eine Ewigkeit kommt ihm heute diese Zeit vor. Nun steht in seiner Erinnerung ein kleines Mädchen Hilfe suchend vor ihm. Er sieht immer wieder das liebreizende Gesicht, den zerzausten Haarschopf und die traurigen Augen. So hat Susi sich vor dem Kinderheim von ihm verabschiedet.

Wie lange ist das schon wieder her? Es sind vier Wochen seit dem vergangen. Noch mehr Einschneidendes war inzwischen geschehen. Thomas sagt sich, seit dem positiven Ergebnis der Sorgerechtsanhörung immer wieder, ich darf mich nun ohne Einschränkung um meine kleine Tochter kümmern. Vielleicht will das Schicksal mich mit dieser Aufgabe aus meinem Leid führen.

Angelika konnte ich nicht mehr helfen. Es war ihr letzter Wille, dass Susi und ich einen gemeinsamen Weg gehen.

Zum ersten Mal seit vielen Jahren fühlt Thomas Ritter einen neuen Lebenswillen und Kampfeslust in sich aufsteigen.

„Dort ist sie!"

Thomas deutet auf ein kleines Mädchen, das am Poolbecken mit einer hässlichen Puppe spielt. Jo nickt ihm verstehend zu. Das Kind ist so mit sich beschäftigt, dass es die Umwelt gar nicht mitbekommt. Erst als sich Joachim über sie beugt, blickt Susi auf. Jo kann deutlich sehen, dass die Kleine Joachim mag. Das schüchterne Lächeln von Susi verrät Dankbarkeit und Vertrauen. Joachim wendet sich freundlich an seinen Schützling.

„Susi, schau mal wer da kommt!"

Das Kind stutzt, springt auf und ruft begeistert, „Thomas, wie kommst du hierher?"

„Hast du schon vergessen, dass ich dir versprochen habe, dich zu besuchen?"

„Ach so und wer ist das?"

Susi blickt Jo mit großen neugierigen Augen an.

„Das ist Jo, eine gute Freundin von mir und Joachim, sie wollte dich kennenlernen."

„Soll ich euch einmal etwas Schönes zeigen?"

Das Kind greift zu ihrem Medaillon und öffnet es. „Als ich die Bilder Joachim zeigte, wusste er gleich, wer meine Mami und mein Papa ist.

Plötzlich stutzt Susi, blickt das Bild im Medaillon an und danach Thomas. Dann jubelt sie.

„Du bist mein Papa, natürlich, das ist dein Bild!"

Voll Bewunderung schaut sie zu Thomas auf.

Danach blickt Susi zu Joachim, um von ihm eine Bestätigung zu erhalten.

„Und du hast gleich gewusst, dass Thomas mein Papa ist, nicht wahr?"

Um sich auch wirklich sicher zu sein, wendet sie sich nun an Jo und sagt altklug, „Eltern zu haben ist mir das Liebste auf der Welt, dafür gebe ich mein ganzes Spielzeug, Essen und Trinken her, aber meine Puppe darf ich behalten? Du gefällst mir, willst du meine neue Mami sein? Weißt du meine Mami ist schon im Himmel. Sag bitte ja!"

Danach fasst sie Thomas und Jo an den Händen und schmiegt sich an Beide.

„Nie wieder gebe ich euch her!"

Thomas blickt Jo bittend an, Jo nickt.

Da erscheint ein Strahlen auf dem ebenmäßigen, schönen Männergesicht, er drückt ganz zärtlich ihre noch frei rechte Hand. Beide durchläuft ein warmer Schauer.

Weitere Bücher von Karel Hruby:

Die fiktive Protagonistin Jo Wendler greift in ihren Kriminal- und Detektivromanen unfassbare Behördenwillkür und kriminelle Handlungen auf, die sich in ähnlicher Form tatsächlich ereignet haben. Die Personen und Orte sind nicht identisch.

Nestbeschmutzer - als Jo einen Ring aus Kinderprostitution und Menschenhandel aufdeckt und dieses auf Wunsch der Polizei, deutschen und tschechischen Behörden zur Anzeige bringt, wird sie zur Zielscheibe der Verbrecher, die scheinbar weitreichende Verbindungen haben und vor nichts zurückschrecken. Auf der Suche nach Beweisen kommt sie verbrecherischen Machenschaften auf die Spur. Diese führen sie zu einem Kloster, hinter dessen Mauern furchtbare Dinge geschehen.

Organhandel - ein Tanktourist verschwindet an der deutsch-tschechischen Grenze. Wochen später taucht er mit einer Narbe im Unterbauch wieder auf. Die Detektei Jo Wendler ermittelt im Auftrag des Geschädigten und stößt auf weltweit agierende Organhändler.
In Europa gibt es immer noch unterschiedliche Regelungen zur Organspende. Während in Deutschland die Angehörigen ihre Zustimmung zu einer Organspende geben müssen, ist diese Regelung in Osteuropa, Spanien und anderen Ländern nicht notwendig. Unsicherheit und berechtigte Angst vor Missbrauch ist vielfach ein Argument gegen eine Organspende, doch diese Spende rettet Leben, vielleicht auch eines Tages das Ihre!

Karel Hruby:
(Pseudandronym)
geb. 1949, lebte in Prag und Dresden, studierte
Jura und kreatives Schreiben.
Der Autor identifiziert sich mit den
Protagonisten des Romans.